KB131869

공부
해야

✦

산다

중앙books

서문

웹소설은 K-드라마의 원천 경쟁력, 전 세계인에 감동 줄 수 있길 기대

- 정철근 중앙일보에스 대표이사

"자막의 장벽, 그 1인치의 벽을 뛰어넘으면 여러분은 훨씬 더 많은 영화를 즐길 수 있습니다."

봉준호 감독이 2020년 한국 영화 최초로 골든글로브 외국어영화상 트로피를 거머쥘 때 한국어로 말한 수상 소감이다. 비영어권에서 자국어로 만들어진 영화는 잘해야 외국어영화상밖에 받을 수 없는 현실을 비꼰, 뼈 있는 말이었다. 이 수상 소감이 미국 주류 영화계를 움직인 덕분이었을까. 봉준호 감독은 그 후 오스카 역사상 최초로 작품상, 감독상 등 4개 부문을 휩쓸며 비영어권 영화를 주류에 올려놓는 기적을 이뤘다.

이어 넷플릭스에 등장한 '오징어 게임'은 그야말로 전 세계를 뒤집

2

어 놓았다. 이후 한국 드라마가 넷플릭스, 디즈니+, 애플TV 같은 글로벌 인터넷 TV 서비스(OTT)에서 1위를 하는 것은 흔한 일이 됐다. 이후에도 '재벌집 막내아들' '더 글로리' '마스크걸' '도적' '이두나!'(넷플릭스), '카지노' '무빙' '형사록'(디즈니+) 등 한국 드라마가 맹위를 떨치고 있다.

인구 5,000만 명의 작은 나라에서 한 해 드라마 시리즈 수십 편을 생산하는 저력은 어디서 나오는 것일까? 그리고 이런 현상은 일시적인 현상일까, 아니면 지속가능한 대세일까?

개인적인 판단인데 한류는 역사적으로 한국인의 유전자(DNA)에 각인된 창조성에 기인한 것이며, AI와 메타버스 기술이 콘텐츠와 결합될 미래에 더 각광받을 가능성이 크다고 생각한다.

황태연 동국대 명예교수(국제정치)는 최근『책의 나라 조선의 출판혁명』이라는 흥미로운 책을 출간했다. 이 책에 따르면 조선 왕조 500년 동안 금속활자로 찍은 책의 종류가 무려 1만 4,117종에 이른다. 이는 구텐베르크 활자를 이용한 최초의 책(라틴어 문법서『도나투스』) 이후 60년간을 비교할 때 유럽 전체 출간종수의 6배에 이르는 방대한 양이라고 한다. 황 교수는 중앙SUNDAY(2월 25일자) 인터뷰에서 "책의 나라 조선시대부터 체질화된 집단 DNA, '배워야 산다'가 K-컬처의 원동력이 됐다"고 해석했다.

하긴 세계 최고(最古) 목판 인쇄물 '무구정광대다라니경'과 세계 최고(最古) 금속활자 인쇄물 '직지심체요절'이 모두 한국의 것이니 한국인의 글(text)에 대한 집념은 하루아침에 이뤄진 것이 아니다. 드라마 시나리오를 잘 쓰는 한국 작가의 스토리텔링 능력은 원래부터 기록하길 좋아했던 선조들의 핏줄을 이어받은 것이라 할 수 있다.

그런데 K-컬처가 미래에도 경쟁력을 갖고 전 세계로 뻗어나갈 수 있을까?

지난 2월 16일 필자는 성수동에서 열린 AI 포럼을 구경한 적이 있다. 게임회사 크래프톤의 자회사 띵스플로우와 한국마이크로소프트가 주최한 이 행사는 한국의 AI 기술이 이미 상당한 수준에 와 있으며, K-콘텐츠와 결합하면 신세계를 열 수 있는 가능성을 보여줬다. 예를 들어 이날 수퍼톤이란 스타트업은 '오징어 게임' 주연 이정재의 허스키한 한국어 대사를 영어로 바꾸는 놀라운 장면을 시연했다.

이 기술을 적용하면 봉준호 감독이 골든글로브 수상 소감에서 말한 '1인치의 벽'마저 허물어지는 셈이다. 한국 작가가 시나리오를 쓰고 한국 배우가 연기해도 더 이상 언어는 세계로 확산하는 데 장애물이 될 수 없다는 얘기다.

한국 배우의 전라도 사투리를 AI를 통해 미국 남부 억양으로 바꾼다면 한국 드라마는 에미상의 단골 후보로 오를 가능성이 크다. 전 세계 한류 팬들은 한국 콘텐츠에 더욱 감동하고 몰입하게 될 것이다.

만약 박경리 선생의 대하소설 『토지』가 경상도 사투리에 어울리는 미국 영어로 더빙돼 영어권에 퍼진다면 애플TV에서 전 세계적 히트를 친 '파친코'의 인기를 능가하지 않을까. 만약 그렇게 된다면 『토지』의 무대인 경남 하동군 평사리 최 참판 댁은 세계적인 관광명소로 떠오를지 모른다.

네이버는 2021년 전 세계 1위 웹소설 플랫폼 '왓패드'를 6억 달러(약 6,900억 원)에, 카카오는 '래디쉬'를 5,000억 원에 인수했다. 네이버와 카카오가 이런 거액을 주고 웹소설 플랫폼을 인수하는 이유는 돈이 되기 때문이다.

웹소설은 텍스트 형태로 유통하는데 머물지 않고 웹툰에 이어 드라마, 영화로 만들어진다. 한글로 된 웹소설도 드라마로 만들어져 글로벌 OTT를 통해 전 세계적 히트를 치는 세상이 왔다. 웹소설로 인기를 얻으면 이를 영화나 드라마로 만들 경우 성공 가능성이 커진다. 이미 대중들의 초벌 검증을 거쳤기 때문이다.

웹소설로 원천 지적재산권(IP)을 확보한 기업은 웹툰이나 드라마로 2차, 3차 매출을 일으킬 수 있고, 영상물이 성공하면 대중들이 웹소설을 다시 찾는 선순환을 기대할 수 있다. 지난해 말 JTBC에서 방영된 '재벌집 막내아들'도 드라마가 인기를 끈 뒤 웹소설 판매가 크게 늘었다.

지난해 국내 웹소설 시장 규모는 이미 1조 원을 넘어섰다. 자신의 저작물이 영상화되기를 꿈꾸며 웹소설 창작에 뛰어든 아마추어 작가들이 70만 명을 넘어선 것으로 추산된다. 이 가운데는 변호사, 의사, 약사 등 전문직들도 꽤 많다고 한다.

이번 공모전을 공동 주최한 크래프톤 띵스플로우는 AI 기술을 기반으로 급성장하고 있는 스타트업이다. 중앙그룹은 방송(JTBC), 영화(메가박스), 드라마스튜디오(SLL)를 보유한 영상 콘텐츠의 최강자다. 한쪽은 기술과 자본을, 다른 한쪽은 콘텐츠 제작과 유통 능력을 갖고 있다.

월드와이드웹소설 공모전은 두 강자가 융합돼 탄생한 창조물이다. 심사위원들은 이미 시장에서 성공한 최고의 진용으로 구성했다. '지금 우리 학교는'으로 넷플릭스 전 세계 1위를 찍은 박철수 필름몬스터 대표, '재벌집 막내아들'로 시청률 1위를 찍은 박성은 SLL 본부장, '모범형사' 등 수많은 드라마·영화 시나리오를 쓴 최진원 작가는 현재 K-드라마 열풍을 이끌고 있는 주역들이다.

김찬수 작가의 '공부해야 산다'는 심사위원 만장일치로 대상으로 선정됐다. 그만큼 창의성이 돋보이는 작품이다.

2030년, 혜성이 지구에 충돌해 남극기지에 피신할 생존자를 골라야 한다. 대한민국에 할당된 생존자 숫자는 108명. 생존자를 선정하는 방식은 교육열 높은 대한민국답게 시험으로 뽑는다는 기발한 발상에서 소설은 시작된다.

언뜻 보면 지구 종말을 소재로 한 판타지 소설 같지만 내용을 보면 뭐든지 시험을 통해 서열화하는 대한민국의 교육열풍을 꼬집은 풍자극이다.

월드와이드웹소설 공모전은 웹소설 공모전 가운데 최초로 문체부장관상을 받았다. 문체부장관상을 주는 이유는 웹소설이 K-드라마를 전 세계에 수출하는 원천 경쟁력이라고 인정받았기 때문이다.

'공부해야 산다'를 비롯한 월드와이드웹소설 수상작들이 하루빨리 드라마나 영화로 만들어져 전 세계인에게 감동을 줄 수 있기를 기대해본다.

서문 __ 2

1화 __ 11
2화 __ 23
3화 __ 35
4화 __ 45
5화 __ 57
6화 __ 69
7화 __ 79
8화 __ 89
9화 __ 101
10화 __ 113
11화 __ 125
12화 __ 137
13화 __ 149
14화 __ 161
15화 __ 173

작가노트 __ 189
심사평 __ 195

1화

이제 곧 혜성이 충돌할 시간이다.

허름한 단칸방, 두려움에 떠는 자는 자신의 운명을 알고 있다.

'콰콰콰콰콰콰콰콰콰콱쾅!'

천지를 흔드는 엄청난 충격은 모든 것을 파멸시켰고,

곧이어 닥쳐온 강풍은 파멸된 흔적을 쓸어버렸다.

"헉!"

깜짝 놀라 잠에서 깨어났다.

매일같이 반복되는 악몽,

꿈이라기엔 너무나 생생하다.

'지금 몇 시지?'

시간을 확인하고는 심장이 멎는 것 같았다.

2024년 12월 31일, AM 03:23

'또 2시간 넘게 자 버렸어! 어서 빨리 공부해야 해!'

✦

매일 밤 김수석은 악몽에 시달려야 했다.

그건 단순한 악몽이 아니라 6년 후에 닥칠 인류 전체의 비극이다.

'오늘따라 공부가 되질 않아…'

김수석은 앞으로 벌어질 일을 떠올렸다.

2025년 1월, NASA는 지구로 향해 오는 혜성을 알린다.

혜성의 명칭은 2030DA.

NASA 발표에 따르면 2030년 크리스마스 때 지구에서 300만 킬로미터 떨어진 지점을 아슬아슬하게 지나칠 것이었다.

그러나 2025년 2월에는 일부 NASA 연구원들의 폭로로 인해 혜성의 지구 충돌이 기정사실화된다. 곧 미국 대통령은 이 같은 사실을 인정하고. 미합중국 전체에 계엄령을 선포한다. 전 세계에서 정부의 형식을 갖춘 모든 국가들도 미국의 행보를 따른다.

그중 대한민국도 마찬가지였다.

이후 NASA는 남극 지표 밑 5킬로미터 지점에 벙커를 지을 경우 최대 1만 명이 혜성 충돌에서 살아남을 수 있다는 시뮬레이션 결과를 발표한다.

그리고 곧장 전 지구의 모든 가용 자원을 총동원한 공사가 남극에서 실시된다. 모든 이민과 해외여행은 제한되고, 모든 난민법과 망명 조약은 폐기됐다.

그리고 각 국가별로 할당된 '생존자의 수'가 정해지게 된다.

이는 국가별 국력 차이와 인구수를 고려하여 결정된 것이다.

여기서 대한민국은 108명의 생존 티켓을 얻는다.

대한민국 국민 5,000만 명 중에 108명만이 살아남는다는 이야기다.

각국 정부는 자체 기준을 마련해 생존자를 결정하기로 한다.

대한민국의 운명을 결정지을 생존 기준은 대통령의 대국민 발표를 통해서였다.

"대한민국의 생존자를 결정하는 헌법 10차 개헌안이 국민 과반 찬성으로 통과됐습니다."

이른바 '생존 헌법'의 탄생이자, 대한민국 역사상 최초로 국민의 생존을 위한 개헌안이었다.

[대한민국 헌법 제131조]

① 남극보존기지 생존자가 되는 요건은 '남극보존기지 생존자에 관
한 법률'로 정한다.

② 국가는 '남극보존기지 생존자'에 대해 최우선적인 보호의 의무를
진다.

③ '남극보존기지 생존자'는 대한민국 국민으로서 대한민국의 계승·
발전과 민족문화 창달의 의무를 진다.

전 인류의 존망이 달린 시급한 일이기에 예상보다 개헌은 순조로웠
다. 다만 문제는 '남극보존기지 생존자에 관한 법률'이었다.

"ㅅㅂ 뭐라고? 공부 잘하는 순서대로 생존자를 정해?"

"공부 못하면 다 죽으란 거야?"

[남극보존기지 생존자에 관한 법률]

① '남극보존기지 생존자'는 대한민국 국민인 자로 정한다.

② '남극보존기지 생존자'는 공부로 개별 순위를 공정하게 측정해
결정한다.

각지에서 폭동이 들끓었다.

대부분 공부를 못하는 사람이었다.

그 수는 경찰 추산 800만, 주최 추산 2,000만에 달했다.

반발은 끊이지를 않았다.

정계, 재계, 학계, 종교계, 여성계, 문화계, 스포츠계, 수없이 많은 시민단체들까지….

결국 해당 법률은 여러 알력에 의해 조금씩 수정될 수밖에 없었다.

그래서 결정된 최종안은 다음과 같았다.

[생존자 - 총 108명]

공부 생존자 - 98명(여성 할당 50명)

연예 생존자 - 5명(여성 할당 3명)

운동 생존자 - 5명(여성 할당 3명)

즉, 공부, 외모, 운동 3가지였다.

예술계는 즉각 반발하고 나섰다.

"OECD 평균 예술 생존자 할당이 7.9%입니다! 그런데 대한민국은 0%입니다! 이게 말이나 되는 일입니까!"

이에 대통령은 사석에서 이렇게 말했다고 전해진다.

"죽는 것도 예술이다!"

논란은 계속되었다.

"외모로 순위를 정하는 것은 명백한 인권 침해입니다!"

"자본주의 사회는 재산으로 순위를 정해야 한다!"

"생존하기 위해서는 공부보다는 체력이다!"

2025년 7월, 논란을 무시하듯이, 교육당국은 생존자에 관한 '생존자 기초 시험 요강'을 발표했다.

"올해 11월 11일, 모든 국민을 대상으로 '생존자 기초 시험'을 진행할 것입니다. 이 시험을 통해 생존 자격자와 비자격자로 구분하도록 하겠습니다. 이후 생존 시험을 치를 수 있는 자는 오로지 이 생존 자격을 취득한 자입니다."

취재를 위해 온 기자는 많지 않았다.

"합격자는 몇 명입니까?"

"생존자 기초 시험 자격자는 2,000만 명입니다."

"떨어진 국민들은 어떻게 됩니까?"

"마지막 날까지 생업에 충실하시면 됩니다."

국민들은 잔혹한 현실에 절망했지만, 한편으로는 안도했다.

'설마 내가 5,000만 중에서 2,000만 위에도 못 들겠어?' 하고 말이다.

계속해서 기자들의 질문은 이어졌다.

"시험 과목은 어떻게 됩니까?"

"국어, 외국어, 수학, 과학, 사회, 기술 6과목입니다."

기초 시험은 그야말로 포괄적인 시험이었다.

"시험의 형식과 난이도는 어떻게 결정됩니까?"

"8지선다형 객관식 문제로, 각 과목별로 50문제씩 총 300문제입니다. 기초 시험인 만큼, 기본 교육과정 수준에서 출제될 것입니다."

"문제 출제는 누가 합니까?"

"한국형 인공지능 컴퓨터인 'K-땅파고'가 직접 문제를 출제하므로, 외부 개입의 여지는 없습니다."

"미성년자나 영유아들은 어떻게 됩니까?"

"모두 똑같은 조건입니다. 대신, 2025년 기준으로 만 13세 미만 아동에 한정하여 생존 자격을 취득한 부모가 생존 자격을 자녀에게 양도할 수 있습니다."

'생존자 기초 시험'의 개요는 너무나 충격적이었다. 이후에도 연예 전형, 운동 전형이 관계당국에 의해 잇따라 발표되었다.

연예 전형의 경우 'K-땅파고'의 객관적인 외모 심사를 통해 최종 1,000명을 추린 후, 국민 오디션을 실시하여 최종 5명을 선발한다.

운동 전형의 경우 '기본 운동 측정 평가'를 통해 1,000명을 추린 후, 종목별 시합을 통해 최종 5명을 선발한다. 해당 3종목은 양궁, 격투기 (태권도 포함), 쇼트트랙으로 결정됐다.

대한민국에 있어서 양궁은 지금껏 가장 많은 올림픽 금메달을 안겨준 스포츠이고, 국민 여론조사에서도 가장 높은 지지를 얻었다.

태권도는 다른 격투 종목 협회와의 대연정(大聯政)을 통해 한 자리를 얻을 수 있었고, 쇼트트랙은 생존자가 향할 곳이 남극이라는 점에서 큰 가산점을 얻었다.

'생존자 기초 시험'이 불과 100일밖에 남지 않은 시점에서 3가지 전형의 세부 내용이 최종 결정되었다.

김수석은 TV를 통해 긴급 뉴스를 지켜보고 있었다.

배달 대행 사무소에서 배달 콜 대기를 하던 중이었다.

"대한민국 국민 중 108명만 생존합니다. 반복합니다. 정부는…."

"이런, 시발!"

입에서 욕이 튀어나오지 않을 수 없는 광경이었다.

"미친…. 저런 걸로 살 사람을 뽑는다고?"

김수석은 누가 봐도 얼굴로는 이미 탈락이 확정이었다. 배달이라면 자신이 있었지만, 평가 전형에 배달 비슷한 것은 없었다.

"지금 배달이나 하고 있을 때가 아니야. 당장 공부를 해야겠어."

"야, 미친 새끼야! 개나 소나 공부하면 배달은 누가 해? 우리는 배달의 민족이야!"

"실장 형! 뒤지면 돈이 다 무슨 소용이야! 형도 공부나 해!"

그러고는 곧장 배달 대행 일을 때려치웠다.

심수석은 언제나 행동력 하나만큼은 수석이었다.

최종 학력은 고졸이었지만 나름 9급 공무원 공부를 3년이나 했었기 때문에 나름대로 공부 기본기에는 자신이 있었다.

공무원 시험 합격 근처에 가본 적도 없었지만, 목숨을 걸고 진심으로 도전한다면 이야기는 다를 것이니까.

김수석은 그간 모은 돈 600만 원 전부를 투자해 공부를 시작하려 마음먹었다.

하지만 이미 동네 학원은 전부 폐업 상태였다. 여러 곳에 전화를 돌려봤지만 동네 공부방조차 영업하는 곳이 없었다.

지금 상황은 돈이 문제가 아니었다. 노숙자에서 재벌까지 죄다 책을 펴고 공부를 시작한 마당에 돈 몇 푼 벌자고 학원 영업을 하는 곳은 없었다. 그렇게 해봐야 학원 원장의 입장에서는 목숨을 다투는 경쟁자들만 늘리는 꼴이었다.

인터넷 강의는 있지 않을까 하는 생각에 검색 사이트에 '생존자 기초 시험'을 입력했다.

[생존자 기초 시험 전국 최저가! - 불합격 시 전액 환급!]

[기초 시험, 무료 인강은 생존닷컴! 가입자 2,000만! 합격률 1위!]

[생존자 기초 시험은 울트라패스 : 18년 연속 고객 만족도 1위]

[생존자 기초 교육 '하이퍼스터디' 1달이면 합격!]

[메이저 리거 김삼진도 파워에듀 '생존자 기초 시험' 공부한다!]

"빌어먹을…. 살판났구만."

'click!'

2화

김수석은 그중에서 합격률 1위를 자랑하는 생존닷컴을 클릭했다.

[생존닷컴! - 가입자 2,000만 무료 인강 합격률 1위]

-지금 바로 결제하시면 초중고 생존자 과정이 평생 무료!

-단돈 150만 원! 기초 생존자 과정 탈락 시 전액 환급 100% 보장!

"뭐야? 무료라더니…. 탈락 시 무료라고?"

따질 것도 없었다.

살기 위해서라면 무엇이라도 해야 했으니까.

그러고는 곧장 150만 원을 결제했다.

김수석에게는 엄청난 거금이었으나 목숨을 부지하기 위한 값으로

는 저렴하다.

그렇게 남은 100일을 공부에 매진한 끝에 김수석은 보란 듯이

19,753,502등의 성적으로 당당하게 '생존자 기초 시험'을 통과해 주변 모두를 놀라게 만들었다.

"으매! 우리 수석이 합격해부렀으! 집안에 경사여!"

"울 집안에서 300년 만에 과거 급제 해부러써!"

"자가 원래 어려서부터 머리는 총명했어~."

"대학교 다니는 애들 중에 떨어진 애덜이 수두룩 하다드만!"

안타깝게도 김수석의 집안 어르신들은 모두 시험에서 떨어졌다.

"어르신들! 우리 집안의 명맥은 제가 이어나가도록 하겠습니다!"

그렇게 일가친척들에게 공부 지원금 조로 받은 돈이 3,000만 원이었다.

하지만 그 돈이 문제였다.

합격의 기쁨에 도취한 탓인지, 종말의 두려움 때문이었는지,

수석은 기껏 생긴 돈을 온갖 유흥에 탕진했다.

"옵빠~! 나 정도면 외모 시험 1,000위 안에 들어갈까?"

룸살롱 아가씨는 외모 평가를 요구하고 있었다.

"공부나 해. 객관적으로 니 얼굴로는 10만 위도 힘들어."

수석의 매몰찬 평가가 귀에 꽂히자마자 그녀는 닭똥 같은 눈물을 뚝뚝 흘렸다.

이미 공부 전형에서 탈락하고 예능 전형 1,000위 안에 들기 위해 열

심히 성형 비용을 벌고 있었는데 말이다.

"흑흑⋯. 나 기초 시험 떨어졌단 말이야!"

"그랬냐⋯. 미안하다."

매일같이 현실을 도피하며 유흥이나 일삼던 수석은 가진 돈을 거의 다 탕진하고 나서야 현실을 직시했다.

'이대로는 죽겠지?'

2026년 1월의 일이다.

✦

정부 고위 관계자가 중대 발표를 하고 있지만, 취재 온 기자들은 소소했다. 다들 살길을 찾아서 간 까닭일까.

일부는 취재를 온 와중에도 스마트폰 어플로 영어 단어를 외우고 있다. 고위 관계자도 빨리 발표를 마치고 공부를 해야 했기에 더 이상 지체할 수 없었다.

"올해 3월부터 기초 시험 통과자 2,000만 명을 대상으로 매달 '생존 모의고사'를 실시합니다."

"질문 있습니다! 모의고사에서 점수가 낮으면 탈락하는 페널티가 있습니까?"

"아닙니다. 탈락 페널티는 없습니다. 그저 통과자 스스로의 실력을 파악하기 위한 목적입니다."

다시 다른 기자가 질문했다.

"그럼 최종 시험까지 이대로 2,000만 명을 유지한다는 말입니까?"

"그렇습니다."

사실 정부가 노린 것은 희망고문이다.

2,000만 위에 턱걸이한 사람이라 해도 지속적으로 생존 모의고사를 치를 수 있다면 딴 맘을 품지 않을 가능성이 높다고 본 것이다.

또, 지속적으로 응시자를 줄여가며 소수만 남겨놨다가는 그에 대한 반발로 전 국민적인 폭동 사태가 벌어질 수도 있다.

갈등의 한계를 시험 자격자 2,000만과 비자격자 3,000만으로, 절묘한 균형을 이룰 수 있도록 설계한 것이다.

상황은 그럭저럭 정부의 의도대로 흘러갔다.

세간의 우려와는 다르게 모의고사가 단순 평가 시험임을 알자 국민들은 안심했다.

부모들은 자식이라도 살리기 위해, 누군가는 사랑하는 사람들을 위해 열심히 일터로 나섰다. 그렇게 소중한 사람을 위한 마음이 모여 시험 진행에 찬성하는 국민 여론이 형성됐다.

"아들, 엄마가 열심히 일할 테니까. 아들도 열심히 공부해!"

이렇게 대한민국 전체에 공부 서바이벌이 본격적으로 시작된 것이다.

2027년 3월에는 일제히 연예 전형과 운동 전형이 시행되었다.

전국에서 좀 생겼다 싶은 사람, 운동 좀 한다 싶은 사람들은 모조리 몰려들었다. 그중 대다수는 기초 시험 탈락자였다.

수석은 그런 것 따윈 안중에도 없었다. 그럴 시간에 한 자라도 더 열심히 공부해야 했기 때문이다. 정신 차리고 본격적으로 공부에 집중하기 시작한 수석의 등수는 매월 상승했다.

1,553만 위

1,241만 위

843만 위….

"이대로 가면 내년에는 500만 위 안에도 들 수 있을 거야! 드디어 인수분해를 완전히 이해했어!"

그렇게 희망찬 미래를 설계하며 하루에도 13시간씩 공부에 매진했다. 그 이상을 할 수도 있겠지만, 공부는 마라톤과 같은 것이다.

연일 TV 뉴스에서는 과도한 공부로 인해 과로사하는 사람들과, 절망하고 자살하는 사람들의 소식이 보도됐다. 어느 시점부터 정부는 보도 제한을 걸고 부정적인 뉴스는 일절 허락하지 않았다.

하지만 길바닥에서도 종종 시체를 볼 수 있을 정도로 상황은 악화됐다.

"병신들… 나처럼 열심히 노력하면 될 것을….."

◆

2030년 11월, 최후의 생존자 결정 시험을 앞두고 '생존 자격자 대이주'가 시작됐다. 이는 생존 자격자 2,000만 명을 비자격자와 따로 격리 보호하기 위함이었다. 이후 거리는 무법지대로 변했고, 하루에도 폭도 수십 명이 사살 당했다.

생존자 결정 시험을 1달 앞둔 9월 마지막 모의고사 시험에서 김수석은 183만 위에 올랐다. 수석의 희망은 더욱 커져만 갔고, 반드시 최후의 98명에 포함될 수 있다고 굳게 믿었다.

세상에는 끊임없이 테러, 자살, 사이비 종교, 사기가 판을 쳤지만, 수석은 흔들리지 않는 바위처럼 굳건했다. 노력이 곧 결과로 보답할 것이라고 믿어 의심치 않았기 때문이다.

시험 직전까지도 수석의 성취는 하루하루 일취월장했고, 공부의 재미를 느끼는 수준까지 왔다.

"누구보다 열심히 했다고 자부한다. 나는 무조건 합격한다. 노력은 절대 나를 배신하지 않아!"

최종 시험 날, 수석은 최고의 컨디션을 만들어 시험장에 위치했고, 그리고 최선을 다해 시험을 쳤다. 다행히 시험에 공부한 것이 많이 나와 자신 있게 문제를 술술 풀어 나갈 수 있었다. 심지어 일부 과목은 시간이 남아 여유롭기까지도 했다.

"나는 반드시 합격한다!"

김수석은 그 결과가 어떤 것이든 겸허히 받아들이기로 했다.

그 누구보다도 최선을 다했기 때문이다.

【김수석, 970401-11492***】

【결과 3,329,239위】

겸허히 받아들이고 싶었지만, 결과는 그렇지 않았다.

"씨이발!!! 이렇게 된 이상 청와대로 간닷!!!!!!"

그런 생각을 한 사람들은 놀랍게도 100만이 넘었다.

딱히 약속하지도 않았지만 저절로 군중들은 청와대 근처로 집결하기 시작했다.

100만 인파의 가장 앞에 우뚝하게 서 있던 사람은 최종 시험에서 99위를 해서 안타깝게 떨어졌다며 뉴스 보도에 나왔던 유명 로펌 소속의 변호사였다.

군중의 시선을 의식하던 그는 100만을 향해 크게 외쳤다.

"합격자 중에 대통령의 자식이 있습니다. 이게 공정한 시험입니까!"

100만 명의 군중들은 참을 수 없는 분노를 느꼈다.

2,000만 명 중에 98명을 뽑는 시험에서 어떻게 하필이면 대통령의 자식이 뽑힐 수 있었을까.

'뭔가 비리가 있을 것이 분명해.'

그런 생각만으로도 100만 명을 저절로 모이게 만들었다.

그리고 99위로 떨어진 변호사는 스스로의 몸에 불을 붙이고는 곧 불길에 휩싸였다. 극심한 화염의 고통에도 꿈쩍 않던 그는 결국 100만 명이 바라보는 앞에서 그렇게 장렬한 죽음을 맞이했다.

군중들은 더 이상 참을 수 없었는지 함성을 내지르며 달리기 시작했다.

"비리 적폐 청산하라!"

"목숨은 공부 순이 아니다!"

"인권 보장하라!"

하지만 거기까지였다.

사방팔방에서 총성이 들려왔고, 곧 그곳은 아비규환이 되었다.

비공식적으로 그날 그곳에서 수천 명이 죽었다고 한다.

이후에도 몇 차례 더 비슷한 일이 있었지만 결과는 다르지 않았다.

결국 사람들은 더 이상의 저항을 포기하고 순순히 죽음을 받아들이기로 했다.

이제는 앞장서서 선동할 사람도 더는 남지 않았다.

모두 죽었기 때문이다.

절망에 빠진 김수석은 집에 처박혀 TV만 봤다.

TV에서는 하루 종일 연예 전형의 국민 오디션, 그리고 운동 전형의 목숨을 건 시합이 펼쳐지고 있었다.

정말 다 하나같이 압도적으로 예쁘고, 잘생기고, 운동 잘하는 천재들이었다. 나라에서 가장 잘난 사람들이 목숨을 부지하기 위해 발버둥치는 모습이 TV를 통해 적나라하게 보였다.

'아…. 나는 죽어도 되는 사람이구나.'

김수석은 그제야 납득할 수 있었다.

얼마 뒤, 모바일 국민투표 끝에 연예 전형 최종 5명이 결정됐고, 결승전 시합까지 치른 후에 운동 전형 최종 5명도 선발되었다.

그리고 3개 전형에서 최종 선발된 108인이 남극을 향해 떠났다는 소식이 들려왔다.

'그래…. 너희들은 자격이 있어. 잘 살아라….'

이후 TV에서는 자연 다큐멘터리가 24시간 내내 방영됐다.

사자가 아기 가젤을 사냥하기 위해 최선을 다해 뛰었지만 결국 실패하는 장면을 보며 수석은 마음이 복잡해졌다.

'다 부질없어.'

국민들은 집구석에 처박혀 무기력하게 죽기로 정해진 날만을 기다렸다. 그렇게 대한민국은 얼마간 침묵의 연휴를 보냈다.

그리고…. 세계는 멸망했다.

3화

✦

'그래, 분명 나는 그렇게 죽었었지… 하지만 어째서인지 다시 과거로 되돌아왔어.'

왜 다시 돌아왔을까. 김수석은 처음 며칠 동안은 어리둥절했다.

죽기 전에 비로소 자신의 죽음이 합당하다고 납득할 수 있었는데, 그렇게 잘나고 대단한 사람들 수백만 명이 죽었는데, 왜 하필 자신이 다시 과거로 돌아왔을까 하고 말이다.

'그냥 우연일까? 아니면 예지몽이라도 미리 꾼 걸까?'

도무지 이유를 알 수 없었고, 정신병에 걸린 걸까도 싶었다.

하지만 잠에 들기만 하면 끊임없이 그 끔찍한 멸망의 꿈을 반복해서 꿨다. 마치 공부를 해야 한다는 것처럼….

'이러고 있을 때가 아니야! 6년도 채 남지 않았어. 이번에는 살아야 해!'

공부로 대한민국에서 98위 안에 들어간다는 것은 얼마나 엄청난 일인가. 경쟁자만 무려 2,000만 명이다. 그 모두가 손에 손을 잡는다면 지구에서 달까지의 거리가 될 만큼 천문학적인 경쟁률이다.

현재 수석의 실력은 냉정하게 말해서 100만 위 내외 정도.

게다가 본격적으로 사람들이 공부하기 시작하면 상위권과의 격차는 더욱 좁히기 어려워진다.

'의치한, 변호사, 변리사, 각종 고시, 삼무사, 감평사, 명문대 출신…. 이런 공부 괴수들이 너무나 많아. 현역 의사만 해도 5만 명이 넘지. 이런저런 전문직 놈들 다 합하면 40만일까? 50만일까?'

애초에 평생 쌓은 공부의 격이 달랐다. 김수석은 기껏해야 20대 후반이 돼서야 '인수분해'를 깨달았다. 운 좋게 다시 과거로 돌아오기는 했지만, 당장 수능을 친다 해도 인서울 대학을 갈 수 있을지도 불분명했다.

공무원 공부를 3년간 했던 전력이 있었음에도 사실 생존 시험에 큰 도움이 되지는 않았다.

'사람들이 아직 공부의 필요성을 모를 때 최대한 많이 따라잡자.'

김수석은 죽도록 노력했지만, 결국 죽었다.

그걸 한 번 겪으니, 공부가 단지 노력만으로 해결되는 것이 아님을 깨달은 것이다. 사람은 죽어야 철이 든다는 말을 직접 죽어서 증명한 사례가 아닐까.

'여자와 유흥은 멀리하는 게 좋아….'

처음에 사람들은 만만하게 생각하고 달려들었지만, 1회 모의고사를 마치고는 당일 곧장 어딘가로 뛰어들어 죽은 사람만 해도 수백 명이 넘었다.

'땅파고 이 새끼.'

시험이 얼마나 어렵길래 자살을 택할까?

초중등 수준 10문제, 수능 수준 10문제, 학부 수준 10문제, 석사 수준 10문제, 박사 수준 10문제로 과목별로 총 50문제로 구성된다.

총 6과목, 300문제다.

수능 한 과목에서 만점 맞을 실력이면, 100점 만점에 50~60점 정도가 나온다.

김수석은 잘하는 과목은 보통 25~30점 정도를, 못하는 과목은 15~20점을 맞았다. 그래서 얻은 점수가 전 과목 총점 600점 만점에 130점이었다.

그것도 최고 기록의 경우였다.

수학을 예로 들자면, 석박사급 문제에서는 대수적 정수, 복소다양체, 푸리에 해석같이 수학 올림피아드에서 변별력을 가리기 위해 나오는 문제가 나왔다.

당연히 그런 문제를 풀 수 있는 사람들은 애초부터 정해져 있다.

그렇다고 한 과목만 공부할 수도 없는 노릇이다.

"2,000만 명 중에서 98명을 뽑으려면 그 정도 변별력은 있어야죠."

첫 모의고사 후에 교육부 장관이 내뱉은 말이다.

그래서 공부 메이트와의 정보 교류는 필수적이다.

혼자서 모든 걸 다 잘할 수는 없으니까.

'내가 꼴통이면 주변에 꼴통들밖에 모이지 않더군. 그래선 동반 자살이야. 멍청한 라이벌을 이겼다고 만족하다가 죽은 애들이 1,000만이 넘으니까. 그리고 정보를 쥐어야 해…. 소문에는 최상위권끼리 친목을 유지하면서 비밀 스터디 같은 걸 한다고 들었어. 꼭 거기에 들어가야 해.'

그런 생각에 닿자, 짜증이 일었다.

'병신! 왜 이렇게 띨빵한 거야!'

자책해 봐야 소용없었다.

그저 습관대로, 몸이 기억하는 대로 움직이는 것뿐이었다. 잘못된 습관을 고치지 않으면 다시 6년을 살아봐야 기다리는 건 결국 무기력한 죽음뿐이다.

'2번의 기회가 주어졌는데 이것도 못하면 진짜 답도 없다.'

일단은 돈 벌 궁리를 해야 했다. 수중에 몹시 돈이 없었으므로….

월세를 내고, 그리고 먹고, 쓰고 하면 금방 돈이 바닥날 것이다.

또다시 배달 대행에 가서 배달한다는 것은 생각지도 않았다.

'칫, 브레인스토밍을 해보자…. 사람들이 어떻게 돈을 벌었더라?'

멸망을 앞둔 세상은 크게 변한다. 부동산, 주식, 코인은 대폭락하고, 물가는 치솟으며 기업들은 줄도산이다.

'투자는 위험해. 죽으려고 한강 갔는데 대기열 때문에 포기했다지?'

그때 뭔가 번뜩이는 것이 있었다.

'그래! 맞아. 유튜브 동영상 팔이가 괜찮겠어.'

콘텐츠만 선점하면 유튜브로 수십 억을 벌 수도 있을 것 같았다.

'인터넷에는 아직 생존 시험 인강 같은 게 없지. 미리 그걸 선점하면 조회수가 폭발할 거야.'

곧 그는 기초 인강에 150만 원을 결제한 것을 떠올렸다.

'그 사기꾼들보단 내가 더 잘할 수 있어. 무료로 올리면 다들 내 동영상을 보겠지? 족집게로 문제도 좀 알려주고 말이야. 가만, 그럼 문제는 그대로 출제되는 걸까?'

단순하게 생각하면, 과거로 되돌아왔으니, 당연히 문제가 똑같이 출제될 법도 했다.

'아니야. 나비효과라는 게 있어. 내가 다른 짓거릴 하면 그게 땅파고에게 영향이 갈 수 있지는 않을까? 최소한 컴퓨터는 사람이 켤 것 아니야. 음…. 내가 집에만 처박혀 있으면 아무 영향이 없으려나?'

아직은 알 수 없는 탁상공론이었다.

'문제가 어떤 유형으로 나오는지만 알려줘도 충분해. 게다가 공부 못하는 사람들이 기초를 배운다고 나한테 위협적이지도 않지.'

좋은 아이디어라고 생각되자, 수석은 바로 행동으로 옮겼다.

서랍을 뒤적이다 해묵은 200만 화소 캠을 꺼내 들고는 회심의 미소를 지었다. 소싯적에 화상 채팅할 때 쓰던 것이었다.

'가지고 있으면 언젠가는 다 필요하다니까.'

설레는 마음으로 PC에 캠을 연결했다. 모니터 화면에는 웬걸, 오스트랄로피테쿠스가 미소 짓고 있었다.

'씨벌! 놀랐네!'

겨우 마음을 추스르고 어떤 강의를 찍을까 고민하다가 사람들이 가장 많이 찾는 영어 과목이 좋을 듯싶었다.

'그래, 무료라고 광고하는 인강은 넘치지만, 실상 무료는 몇 개 되지도 않지. 그것도 생존 시험 특화라면 충분히 가능성이 있어.'

우선은 하루에 강의 1~2개 정도만 찍어서 올리기로 마음먹었다. 일반적인 일자리로는 절대 공부할 시간을 낼 수 없기 때문에 이 방법 말고는 딱히 더 좋은 방법이 떠오르는 것도 아니었다. 어딘가에 투자를 하는 것도 자신 없었다. 굴지의 대기업들이 줄도산했던 기억만 강하게 남아 있었기 때문이다.

'그렇다고 배달은 절대 안 해.'

화면 밝기를 보정하니 그럭저럭 유인원으로는 보이지 않았다.

'꼭 얼굴이 나와야 할까?'

생각해보니, 사람들은 수석의 얼굴은 별로 궁금해하지 않을 것이다. 어차피 그런 건 예쁘고 잘생긴 인간들이나 하는 짓이었다.

다시 캠 각도를 조절하자 화면에는 책상밖에 나오지 않았다.

"자…. 안녕하세요~! 생존 인강, 아니 생존 시험 최적화 인강…."

세상에는 뭐든 생각처럼 쉬운 것은 없다.

여러 차례 멘트를 고치고, 고치고, 또 영어 교재를 뒤적였다. 그렇게 어설프게 인강 한 편을 다 찍으니 벌써 2시간이나 지난 후였다.

'그래도 무료니까 대충 보겠지 뭐. 솔직히 150만 원짜리도 그닥이었거든.'

4화

지금 바로 인터넷에 인강을 찍어서 올린다면 공연히 사람들이 예언가니 어쩌니 하면서 난리를 칠 수도 있었다.

'뭐, 어때. 누가 그런 거 신경이나 쓰겠어?'

그러고는 별 복잡한 고민 없이 곧장 유튜브에 동영상을 올렸다.

'헤헤…. 시험 발표까지 7달이나 남았으니까 틈틈이 올려야지.'

성공할 수 있을지는 미지수였지만 수석에게는 대안책도 있었다.

'안 되면 뭐, 친척들한테 받을 수 있겠지. 3,000만 원 정도 말이야.'

더 많은 수익 창출을 위해서 김수석은 인터넷 카페도 만들었다. 전생에서 자신이 가입했던 생존자 카페가 불과 2달 만에 가입자 1,500만을 넘겼던 것을 떠올린 것이다. 실상 내용 없이 가입자만 많은 카페였다. 그냥 남들보다 먼저 만들기만 하면 그게 가장 큰 성공 요인이다. 일단 회원수만 많아지면 광고든 뭐든 돈 벌 수 있는 방법은 많다.

'카페랍시고 죄다 퍼온 자료 올려놓고선 이래라저래라 갑질이나 해

됐지.'

수석의 구상은 달랐다.

카페에 자체 인강 콘텐츠, 수험 정보와 과목별 공부 요령을 올리면 금방 회원이 모일 것이 분명했다.

'이건 진짜 확실해. 카페 제목만 그럴싸하게 지어 놓으면, 그냥 마구 가입해대는 거지. 선점하는 사람이 않아서 이기는 게임이야.'

공부 생존자 자격시험/모의고사/생존고사/무료 인강/무료 학습자료 카페

'이 정도면 괜찮을까?'

하지만 뭔가 너무 장사꾼 냄새가 나서 마음에 들지 않아 다시 고치길 여러 번 반복했다.

[공식] 공부 생존자 카페 - 대한민국 1위(자격시험, 모의고사, 생존고사, 무료 인강, 학습자료)

'그래⋯. 이 정도가 좋겠어. 앞에 공식을 달아 줘야 클릭할 테니까. 사람들은 뭔가 권위 있는 걸 좋아하잖아?'

수석은 굉장히 만족스러웠다. 대충 카페를 꾸미는 데 1시간 정도를

더 공들였다.

'이제 카페가 활성화되면, 공부 잘하는 애들로 뽑아다가 스터디도 하면 되겠지. 특히 고난도 문제는 해당 전공자에게 직접 배워야 해.'

지금은 돈만 주면 누구라도 불러서 배울 수 있겠지만, 나중에는 전공자니 전문가니 하는 사람들은 다들 자기 살자고 공부하느라 바빠진다. 그래서 서로 간에 부족한 부분을 도와줄 수 있는 식의 '과외 딜'이 흥했다.

'나는 기초 영어를 가르쳐주고 대신 수학을 배웠었지…. 근데 서로 너무 못해서 결국 시간 낭비였어….'

모든 분야의 전문가를 초빙해서 배우는 것은 재벌이 아니고서는 생각도 할 수 없는 일이었다.

'재벌 중에 꽤나 상위권이 많았지. 좌우간 돈이 많으면 참 좋아. 없으면 이것저것 꼼수라도 부려야 하지. 근데 혹시 누가 알아? 내가 떼돈이라도 벌지 말이야.'

가슴이 벅차오르자 그대로 삘 받은 수석은 곧장 영어 인강을 하나 더 찍어 유튜브에 올렸다. 아까 올렸던 유튜브 영상은 수석이 시청한 조회수 말고는 없었다.

'조금만 기다려. 강남 스타일급으로 한 방에 빵 터질 거니까.'

수석은 자신만만했다. 아직 현실은 시궁창이었지만, 잡초 같은 근성은 벌써부터 어디 틈만 나면 솟아오를 궁리만 하고 있었다.

'근데 혜성 소식은 아직 없을까?'

이렇게 철저하게 준비하고 있는데 혜성이 안 올까봐 걱정이 생겼다. 마치 그건 혜성이 닥치기를 고대하는 것 같았다.

수석은 지겹도록 들었던 '2030DA'를 인터넷에 검색했다. 그건 6년 후 지구에 충돌할 혜성의 식별 번호였다.

'2030DA'에 대한 검색 결과가 없습니다.

'뭐야 이거…. 지금 나 혼자 뻘짓 하는 거 아니야?'

[2025년 을사년 새해 성지 플레이스]

[국제 곡물가 연일 급등]

[이제는 VR+AR 온라인 게임이 대세! 기대작 3종]

인터넷 뉴스란을 살펴봐도 그저 일상적인 내용뿐 특이점은 찾을 수가 없었다.

'으음…. 아무래도 좀 더 지켜봐야겠어. 분명히 다음 달에는 NASA에서 혜성 발견했다고 하겠지.'

'엄청나군….'

항상 단칸방에서 두려움에 떨며 겪었던 종말을 하늘 위에서 바라본 것이 분명했다.

【김수석 님의 접속을 승인합니다.】

'뭐? 뭐야, 이건?'

수석이 당황하는 사이에 갑자기 알 수 없는 소리가 들려왔다.

【김수석 님은 차원 열람이 가능합니다.】

'이게 대체 무슨 말이야? 방귀야?'

그때 누군가의 말이 들려왔다.

— 안녕하세요, 저는 《차원 레코드》의 도우미입니다.

'뭐요? 도우미?'

— 네, 김수석 님은 차원 레코드에 접속하셨습니다.

'이 사람이 말귀를 못 알아먹네. 그러니까 차원 레코드가 뭔데요?'

— 차원 레코드에 대한 설명 : 우주 전 차원·시공간에 대한 모든 기록이 남겨 있는 기록입니다.

'우주의 모든 기록이요? 무슨 블랙박스 같은 건가?'

— 그렇습니다. 김수석 님은 차원 레코드를 실시간으로 열람하실

수 있습니다.

'왜 갑자기 내가 그걸 열람하게 된 겁니까?'

— 김수석 님은 《차원 접속 코드》를 얻어 열람 자격을 취득하셨습

니다. 현재 열람이 가능한 과거 위치에 존재하고 계십니다.

'접속 코드? 그런 걸 얻은 기억이 없는데? 그리고 과거 위치?'

— 지구와 충돌한 혜성에는 《차원 접속 코드》가 있었습니다. 충돌

후 김수석 님과 접촉하여 접속 코드를 획득하였고, 접속자가 시간

을 인지하는 가장 먼 시점으로 시공간을 이동했습니다.

'접속 코드…? 시간을 인지하는 시점…? 그럼 내가 6년 전으로 돌아

온 이유가?'

— 그렇습니다.

시간 인지만 더 길었다면 그 이전도 가능했다는 것이다.

'그럼 이제 내가 차원 레코드로 뭘 할 수 있나요?'

— 성취도에 따라 점차적으로 《차원 레코드 능력》을 개화할 수 있

습니다.

'아니, 당장 할 수 있는 게 뭔데요.'

— 현재로서는 기본 기능인 〈색인〉과 〈열람〉입니다.

'그건 또 뭡니까?'

— 〈색인〉은 객체에 식별 표시를 부여할 수 있는 기능입니다. 그리

고 〈열람〉은 식별 표시한 객체의 정보를 파악할 수 있습니다.

'오⋯. 그럼 앞으로는 또 어떤 기능들이 생깁니까?'

— 그건 접속자의 능력 개화에 따라서 다릅니다.

뭔가 다 알려줄 것처럼 굴었지만, 도우미는 알려주지 않았다.

'대체 어떤 능력을 어떻게 키우라는 말인지 알려줘야지.'

— 모든 건 접속자의 자율 의지에 달린 일입니다.

'으음⋯. 뭔가 SF 같은 일이 벌어지고 있어.'

수석은 곧장 〈색인〉과 〈열람〉이란 것을 사용해 보고 싶었다.

'어떻게 해야 능력을 사용할 수 있나요?'

— 〈색인〉은 눈으로 보이는 대상에게 할 수 있고, 일단 한 번 〈색인〉

하면 생각만으로 〈열람〉할 수 있습니다.

'좋아. 그럼 일단 차원 레코드를 색인해 보자.'

수석은 일전에 만난 유흥업소 아가씨의 이름을 떠올렸다. 생전에
대화를 많이 나눈 여자가 그녀뿐이었기 때문이다.

'하, 부끄러운 삶을 살았다.'

— *미미* 네, 맞습니다.

'오오! 색인이 됐어! 이제는 미미에 대해서 열람해 보겠어.'

마음을 먹자마자 곧장 메시지가 나왔다.

【*미미* — 차원 레코드의 접속자 도우미

존재 ─ 무한 접근체】

'뭐야⋯. 인간이 아닌가?'

　　─ 저는 무한 접근체입니다. 더 궁금하신 것은 없습니까?

'도우미를 다시 부르려면 잠을 자야만 하나요?'

　　─ 아닙니다. 평소에도 필요할 때 도우미를 떠올리시면 됩니다.

'오케이.'

대답을 끝냄과 동시에 수석은 눈을 떴다.

"⋯실화인가?"

5화

2025년 1월 1일 AM 12:00

'그냥 개꿈이었을까? 어디…. 확인해 보면 되겠지?'

수석은 곧장 능력 검증에 들어갔다.

스마트폰에 색인을 명령하고는 곧장 색인을 조회해 보니,

　【*똥폰* ― 휴대폰 매장에서 구매한 스마트폰

　존재 ― 전자제품】

능력 사용이 되기는 했지만, 분명 물건에 색인을 하는 건 아무짝에도 소용없어 보였다.

'흠…. 이걸 어디에 써먹지? 초능력이라 하기에는 너무 허접해.'

수석은 곧장 자신에게도 사용해 봤다.

【*존잘남* ― 김수석 본인

존재 ― 인간

조회 ― '생존자 공부 능력'

국어 C+ 외국어 C+ 수학 D 과학 D 사회 C- 기술 D 상식 C-】

'뭐야⋯. 내가 인간인 건 나도 알아. 근데 내 과목별 실력이 능력치로 볼 수 있는 건가? 이건 좀 유용하겠어. 차원 레코드 능력을 업그레이드할 수 있다고 했지? 대체 어떤 식으로 하는 걸까?'

새로 얻은 능력이 돈벌이에는 쓸모가 없어 보였기 때문에 시급한 것은 돈 버는 일이었다.

수석은 계속해서 시간이 날 때마다 틈틈이 인강을 찍어 부지런히 유튜브에 올렸고, 이제는 많이 능숙해져서 1시간이면 1편을 찍어 올릴 수 있었다. 그럼에도 아직까지 유튜브 조회수는 동영상별로 0~5회에 불과했고, 새로운 구독자도 없었다.

'구독자 유도 멘트라도 남겨야 하나.'

◆

며칠 뒤, 수석이 고대하던 2030DA에 대한 정보가 드디어 인터넷에 검색되었다. 검색된 사이트는 NASA의 'Near Earth Object Program'

이라는 정보 제공 사이트였다.

'역시 또다시 반복되는 거였어.'

사이트에는 지구에 근접할 가능성이 있는 혜성과 유성의 목록이 무려 120만 개가 넘는 것으로 표시되고 있었다.

'그간 지구가 무사한 것도 기적이군.'

-2030DA click!

[2030DA]

Observation - NEOWISE

Approach - December 25, 2030

Diameter - about 8miles(13km)

Period - over 1.5 billion year

Ingredient - ice & iron

Possibility - 0.003%

Approach distances -

'으음…. 접근 시점이 딱 2030년 크리스마스야. 크기도 똑같고.'

2030DA가 지구를 향해 초속 27킬로미터로 날아오고 있는 것이 분명했다. 수석은 그제야 인류의 종말을 확신했다. 이제 남은 것은 NASA의 거짓 발표, 그리고 이어지는 것은 다시 NASA 연구원들의 폭

로일 것이다.

'충돌 가능성 0.003%라니. 저건 분명 계산 실수이거나, 일부러 속인 거야.'

✦

[美 NASA, 지름 13km 혜성 발견, 충돌 가능성은 낮아.]

[인기 방송 BJ, 성형수술 도중 사망 충격]

[영국 EU 복귀 요청, EU 집행위 만장일치 거부]

[유아리 단독 콘서트 연일 마감 행진]

수석의 예상대로 NASA는 혜성 2030DA의 발견을 공식 발표했다.

'그래···. 순순히 진행되고 있어. 6년 뒤에는 남극에서 널 실컷 비웃어 주마.'

NASA 발표 뉴스 기사에는 아직 댓글이 얼마 없었으므로 자취를 남길 필요가 있었다.

└ 저거 중국에 충돌함.

'큭큭, 언젠가는 성지가 되겠지?'

곧 사람들이 수석의 글에 답글을 달기 시작했다.

⌐ 응, 아니야. 비켜가.

⌐ 방구석 좆문가 납셨네.

⌐ 지가 NASA보다 똑똑한 줄 ㅋㅋㅋ

수석은 억울한 마음이 들었고, 곧이어 고독함, 두려움 같은 복잡한 감정으로 뒤엉켜졌다. 전 세계에서 오직 자신만이 이런 기분을 느낄 것이 분명했다

'그래, 지금은 실컷 떠들어 대라. 곧 살려 달라고 아우성 칠 테니까.'

혹시나 누군가 자신을 알아봐 주진 않았을까 하는 마음에 개설한 생존자 카페에 들어가 봤지만, 여전히 신규 가입자는 1명도 없었다.

'음…. 초반에 가입자가 너무 없으면, 다른 카페에 밀릴 수도 있지 않을까?'

사람들을 유입시킬 수 있는 킬러 게시물이 꼭 필요했다.

'뭐가 빵 하고 인기 터졌더라?'

곰곰이 생각해 보니, 파일럿 프로그램으로 방영했다 나중에 정규 편성해 국민적인 인기를 끌게 되는 〈꼴찌, 공부왕 되다〉라는 TV 프로그램이 떠올랐다.

'그래, 생존자 공부 열풍이 불면서 한 방에 시청률 1위로 올라갔지.

거기 출연한 애들도 죄다 떴고…'

〈꼴찌, 공부왕 되다〉는 공부 못하는 학생들이 나와 공부 멘토의 도움을 받아 성적을 올린다는 내용으로, 대중들은 이런 프로그램을 통해서라도 공부 비법을 배우고 싶었던 것이다.

수석은 곧장 카페에 관련 게시물들을 찾아서 퍼다가 올려 댔다. 각 출연자의 프로필과 캡처 사진, 동영상 같은 것으로.

'일단 카페 회원이 좀 늘어야 거기서 공부 잘하는 애들로 모아 스터디를 할 수 있어.'

수석은 무작정 타임 어택으로 공부만 해봐야 소용없다는 걸 몸소 겪었다.

'공부는 무식하게 노력만 한다고 되는 게 아니야. 방향성이 중요하다고.'

노력으로 다 된다는 것은 허황된 것이었다. 자칭 공부왕 수만 명이 있었지만, 대부분은 생존하지 못했다. 무엇보다도 시험에 유효한 전략이 중요했다.

'땅파고에 대해서 아는 것이 없으니까. 공부 전문가라는 사람들도 여지없이 틀렸지.'

땅파고의 성향을 완벽하게 분석했다고 주장하는 인강 업체는 많았지만, 어디까지나 홍보용 멘트였고, 심층적으로 분석할 만한 인재들은 전부 자기 공부하기 바빴기 때문에 결과적으로는 시험에 부적절한 학습 콘텐츠만이 범람했다. 자칭 공부왕이란 사람들도 종전의 수험 관성에 적합한 일반적인 공부론만을 내세웠을 뿐이었다.

'땅파고의 성향을 잘 아는 사람이 결국 이긴다.'

이런저런 깊은 생각을 하던 중에 시간이 얼마나 흘러갔을까.

〈꼴찌, 공부왕 되다〉를 올려서인지 벌써 신규 가입자가 생겨났다.

'오오! 효과가 있어. 벌써 회원 1명! 그래, 시작이 반이야.'

이후로도 잊을 만하면 가입자가 하나씩 늘기 시작했다.

✦

― 띵.

스마트폰 알람이 울렸다.

'아오! 뭐야? 누구야?'

[안녕하세요. 생존자 카페를 보고 메일 드립니다.]

누군가 카페에 가입하고 보내는 메일 같았다.

'으음…. 이거 귀찮은데, 벌써부터 청탁 메일인가?'

심드렁하며 메일을 열어보니,

[안녕하세요, 카페 주인장님. 저는 현직 고등학교 교사입니다.

다름이 아니오라 검색을 하던 도중 우연찮게 생존자 카페를 발견하게 됐습니다. 카페 이름이나 콘텐츠가 모두 생존 시험에 관련된 것이더군요….

혹시, 차원 레코드를 아시나요?

저는 그걸 통해 과거로 되돌아왔습니다.

카페 주인장님도 그렇지 않을까 하고 이렇게 메일을 보내 봅니다.

맞는다면 연락 주시면 감사하겠습니다.

010-9857-****]

'뭐… 뭐라고? 차원 레코드를 알고 있어?'

메일을 보낸 사람은 '생존 시험' '차원 레코드' '과거'처럼, 미래를 직접 겪지 않았다면 알 수 없는 내용을 말하고 있었다.

'설마, 차원 레코드 접속자가 여러 명일 수 있다는 건가!'

그 순간 놀라움과 안도감이 동시에 밀려왔다.

— 맞습니다. 차원 레코드 접속자는 김수석 님 혼자가 아닙니다.

'그럼 도대체 몇 명이야? 전부 다 과거로 온 건 아니지?'

— 김수석 님은 해당 정보의 접근 권한이 없습니다.

'권한은 또 뭐야. 아무튼 멀티 플레이인 줄은 몰랐네.'

이어서 생각해 보니 좋은 생각이 떠올랐다.

'돌아온 사람들끼리 모여서 연합을 한다면? 그것도 괜찮은 방법 같아. 고등학교 교사라면 분명 배울 게 많겠지?'

잠시의 망설임 끝에 수석은 전화를 걸었다.

"네, 여보세요?"

"안녕하세요. 이메일 보내신 선생님 맞습니까?"

"아! 카페 주인장이신 존잘남 님 맞으시죠?"

"맞습니다. 제가 존잘남입니다."

"존잘남 님, 혹시 차원 레코드 아시나요?"

갑자기 차원 레코드라는 말을 들으니 수석은 소름이 끼쳤다.

"음…. 저도 솔직히 놀랐습니다. 저만 과거로 온 줄 알았는데…."

"이럴 게 아니라, 바로 만나서 얘기하시죠."

갑자기 만나자고 하니 조금은 부담스러웠지만, 꼭 만나서 깊게 이야기를 나눌 필요가 있었다.

"지역이 어디신가요? 제가 가겠습니다. 당장!"

"…서울입니다."

"마침 잘 됐네요, 저도 서울입니다."

✦

수석이 직접 본 선생님의 인상은 흔한 중년 아저씨 같았다. 고릴라

같은 얼굴에 키는 그냥 보통이다. 오스트랄로피테쿠스와 고릴라의 만남, 어쩌면 차원 레코드가 선호하는 관상이란 것이 있을 법도 했다.

처음 만나 어색한 인사를 나누던 둘은 금방 친밀감을 느끼고는 비밀스러운 얘기를 나누는 사이가 됐다.

"그럼 과거 어디로 간 겁니까?"

수석은 사람마다 과거로 돌아간 시점이 다를 것이라고 봤다. 미미가 분명 가진 기억에 따라서 접속 시간이 달라진다고 했으니까.

"저는 10년 전으로 돌아갔습니다. 그러니까 2020년으로 돌아갔죠."

10년 전이라면 뭔가 특별한 능력이 있을 법도 했기에 수석은 곧장 〈색인〉, 〈열람〉 콤보를 사용했다.

【*오성국* ― 이메일을 보낸 선생님

존재 ― 인간

조회 ― '생존자 공부 능력'

국어 B 외국어 B+ 수학 C+ 과학 C+ 사회 B 기술 D 상식 B-】

그렇지만 〈열람〉 능력만으로는 그의 다른 능력이 무엇인지 알 수 없었다.

"아, 수석 님은 언제로 돌아가셨나요?"

오성국은 수석보다 15살이나 더 많았지만, 계속 존댓말을 썼다.

"저는 6년이요. 그러니까 바로 3주 전 크리스마스죠."

"허, 그럼 돌아오자마자 인강도 찍고 카페도 만드신 건가요? 행동력이 대단하시네요."

"그냥 살아야겠다는 생각밖에 없었습니다. 아시잖아요? 어설프면 죽으니까…. 그럼 선생님은 지난 4년간 계속 학교 일만 하셨나요?"

"뭐, 그렇죠. 처음에는 그냥 다 꿈이라고만 생각했어요."

수석은 과거 일도 궁금했는지 오성국의 전생에 대해서도 물었다.

"죽기 전 과거에서 저는 아주 못된 교사였죠…."

종말 소식이 알려지자 많은 교사들이 나 몰라라 퇴직하고는 혼자 살려는 공부를 했다고 한다. 위태로운 목숨 앞에서 스승의 도리 같은 건 없던 것이고, 그게 현실이었다. 수석은 충분히 이해할 수 있었다. 누구라도 그랬으니까.

하지만, 무엇보다도 등수가 궁금해졌다.

"흠, 최종 시험에서 몇 위 하셨나요?"

"뭐, 82만 위 정도."

순간 수석은 마음속으로 '빌어먹을!' 하고 외쳤다. 역시 배웠다 하는 사람들에게도 어려운 시험인 것이다.

"그래도 대단하시네요…. 저는 200만 위 정도에서 놀았습니다."

수석은 내심 100만 위로 높여서 부를 걸 했나 했지만, 이미 한 번 죽은 마당에 굳이 거짓말을 늘어놓고 싶지는 않았다.

6화

잠시 침묵이 일었다.

"어차피 80만이나 200만이나 거기서 거기죠. 다 죽었으니까. 하하하."

"그런가요….."

"아~! 수석 씨 혹시 차원 레코드 능력은 어떤 걸 가졌나요?"

"저는 〈색인〉과 〈열람〉 능력만 있어요."

"그건 기본 능력인 거 같군요. 거기에 저는 두 개를 더 가지고 있어요."

능력이 두 개나 더 있다니 역시 4년의 격차가 있었다.

"어떤 거죠?"

"〈좌표〉 하고, 〈태그〉요."

"그게 무슨 능력인가요?"

"〈좌표〉는 말 그대로 색인한 것의 현재 위치를 알 수 있어요. 또 내

위치를 알지 못하게 감출 수도 있죠. 쓸 일이 없다고 생각했는데, 우리 말고도 능력자가 많다면 프라이버시를 위해서라도 꺼둘 필요는 있겠군요. 그리고… 〈태그〉는 색인에 대한 태그 정보를 알 수 있어요."

"태그 정보요? 그게 뭐죠?"

"물체나 사람마다 태그가 존재하더군요. 아마 역할이나 특징을 나타내는 것 같습니다. 저 같은 경우는 #선생님, #영어, #아빠 이렇게 태그가 나오거든요."

"오오… 그럼 저는 뭐라고 나오나요?"

"음… 말해도 될까요?"

어째서인지 오성국은 꺼려했다.

"괜찮습니다. 편하게 말씀해주세요."

"#카페운영자, #백수, #못생김이라고 나오네요…."

아무래도 타인이 생각하는 대상의 규정이라고 봐야 할 것 같았다.

"하하… 재미있네요. 백수에 못생김이라니…."

"사실 이게 일정 주기마다 바뀝니다. 계속 갱신되거든요."

"아무튼 부럽습니다. 전 능력이 두 개뿐인데… 어떻게 추가로 능력을 가질 수 있나요?"

"잘은 모르겠지만, 가끔 개화 포인트가 올랐다는 알림이 오거든요."

아직 어떤 식으로 능력을 개화하는지는 알 수 없었다. 시간이 차면 오르는 건지, 아니면 어떤 특정한 업적이 필요한지 말이다.

"…어쨌든 그럼 4년간은 그냥 그게 전부 꿈이라고만 생각하셨어요?"

"뭐, 처음 몇 달 동안은 그랬죠… 그런데… 이게 소름이 돋는 게, 꿈에서 겪은 게 현실에서 벌어지니까 너무 무서운 거죠. 근데 어차피 믿는 사람도 없고, 기왕이면, 애들이라도 똑바로 가르쳐야겠다는 생각만 했어요."

한 번 죽으면 깨닫는 것이 분명히 있다. 과연 똑같은 삶을 두 번 살고 싶은 사람이 있을까?

'그래… 이 정도 능력에 인성이면, 동료로 함께 가볼 만해.'

수석은 내심 오성국이 마음에 들었다.

이런저런 이야기를 더 나누다가 둘은 시간이 날 때 서로 필요한 공부를 봐주기로 하고는 헤어졌다. 수석이 가르칠 만한 것은 없지만, 어쨌든 명목상으로는 스터디였다.

자신처럼 과거로 돌아온 사람이 또 존재한다는 것을 확인한 것이 가장 큰 수확이었다. 덕분에 홀로인 것 같은 외로움이 조금은 해소됐다.

이후에도 종종 수석이 공부를 하다가 궁금한 것을 질문하면 오성국은 자세한 설명을 담아 답장해 줬다.

「그러니까요, 단순 객관식 문제 풀이보다는 영어 서술형 작문을 통해서 학습하는 게 좋아요. 객관식 문제는 모호한 면이 있으니까요.」

공부는 역시나 방향성이 문제였다. 오성국은 경력 15년의 고등학교 선생답게 나름 확실한 교수법이 있었다.

자세한 조언을 따른 이후로는 학업 성취도도 전보다 더 많이 올랐다. 물론, 인강을 올릴 때에도 그런 내용을 반영해서 올리는 것도 잊지 않았다.

[영어 문법은 서술형 작문으로 공부하는 것이 효과적입니다.]

그리고 공부 잘하는 상위권자를 색인한다면, 〈좌표〉를 통해 그들이 어디에 몰려서 무슨 짓을 하는지 파악할 수 있을 것이다. 잘 하면 공부 잘하는 사람들이 몰린 곳에 낄 기회가 생길지도 모른다.

또, 태그의 경우에는 사람들의 평판을 확인하여 누가 사기꾼이고, 누가 진짜 실력자인지도 어느 정도는 파악할 수 있을 것이다. 또는, 학습지나 문제집의 평판도 알 수 있을 것이다.

조금이지만 카페 가입자도 늘고 있었다.

최소한 하루에 1명, 많으면 서너 명 정도씩 말이다. 스스로 자료를 올리는 활발한 회원들이 등장하려면 최소한 카페 회원이 1만 이상은 돼야 할 것이다.

그렇게 하루하루 불같은 시간이 바쁘게 흘렀다. 영어 공부, 오성국과 상담, 인강과 카페….

2025년 1월 말이 되자, 드디어 NASA 연구진 몇이 나서서 진실을 폭로했고, 이는 전 세계적으로 엄청난 충격을 주었다.

[[1보] NASA 연구진 폭로, 2030년 혜성 충돌한다.]

[티타늄맨 데이빗 원, 세계격투대회 챔피언 등극]

[피겨 여신 고은별, 앵커리지 동계올림픽을 향해 기지개]

[강남 모 성형외과 연이은 수술 사망자 발생]

'이제 드디어 시작됐어. 하지만 조금 이상하군⋯. 분명 전에는 2월 1일 발표였던 걸로 기억하는데⋯.'

전보다 발표 시일이 조금 앞당겨졌다. 뭔가가 사건 진행에 영향을 준 것일지도 몰랐다.

'그래, 오성국도 그랬지. 조금씩 틀어졌다고 말이야.'

기사는 순식간에 [2보], [3보], [종합]으로 이어졌다. 그사이 인터넷은 온통 난리가 났다.

ㄴ 어차피 미국님이 해결하실 거야.

ㄴ ㅋㅋㅋ 잘됐다. 어차피 인생 망했는데.

└ 내일 세상이 멸망하더라도 나는 게임을 하겠다.

네티즌들은 아직까지 현실 체감 못하는 반응을 보였다.

'그래, 지금이야 실실 거리지. 아직 정부에서 공식 발표한 것도 아니니까.'

인터넷에는 온통 〈NASA〉, 〈혜성 충돌〉, 〈종말〉 같은 키워드들이 차지했다. 반나절 정도가 지나자 백악관은 공식 성명을 발표했다.

[美 대통령 공식 인정, '혜성 충돌' 맞다]

'이제 미국은 전국 각지에서 엄청난 폭동이 일어나지.'

국민들에게 저리 중대한 사실을 감춰 왔다는 것이 문제였다. 소수만 그 사실을 알고 살 궁리를 했다. 전 세계 모든 정부가 그랬으니까.

곧 오성국에게서 연락이 왔다.

「이제 다시 시작된 것 같네요⋯. 수석 씨, 잠깐 만날 수 있나요?」

「그때 그 호프집에서 뵙죠.」

「알겠습니다. 그리로 금방 가겠습니다.」

갑작스러운 약속이었다. 수석은 머리만 감고 대충 옷을 챙겨 입고는 집 밖으로 나섰다.

그때 그 호프집에 대충 자리를 잡고 앉아, 생맥주 500cc 한 잔을 주문했다.

아직까지는 멸망의 공포가 널리 미치지 않아 지역 사회 경제가 무너지지는 않았지만, 이 역시 오래가진 못할 것이다.

'곧 대부분 상점들이 문을 닫게 되지….'

30분이나 지났는데, 오성국은 나타나지 않았다.

'뭐야, 이 아저씨. 금방 온다더니?'

「아직 멀었나요?」

1분 1초가 중요한 상황에서, 30분이나 멍 때리고 있다는 건 상당한 시간 낭비였다. 물론 그걸 인지할 때나 그렇다.

'뭐야. 왜 답장도 안 와.'

수석은 몇 차례나 전화를 걸었다. 하지만 오성국은 전화를 받지 않았다. 게다가 마지막 전화는 신호가 울리던 중에 강제로 끊겼다.

'갑자기 일이 생긴 거야?'

한참이 지나도 나타나지 않자, 다른 사정이 생겼나 싶어 일단 집에 가서 기다려 보기로 했다.

그 와중에도 TV, 인터넷에서는 온통 혜성에 관한 얘기로 떠들썩했다. 하지만 수석은 묵묵히 영어 단어나 외우고 있었다.

'catastrophe… catastrophe… 유의어로는… disaster, calamity, tragedy, misfortune, accident….'

하지만 도무지 집중할 수가 없었다.

'…이 아저씨 무슨 일 생긴 거 아니야?'

불현듯 불길한 예감이 들었다. 이미 수석은 죽은 사람을 수백 번도 넘게 본 경험이 있었다.

'혹시… 자살이라도 한 건가?'

심각한 상상까지 하게 되었을 때쯤, 그제야 뒤늦은 답장이 왔다.

「이제 연락하지 맙시다.」

'뭐여? 장난하나? 내가 호구로 보여? '어의'가 없어서 임금님 돌아가시겠구만…!!'

수석은 사람을 잘못 봤나 하는 생각도 들었다. 어처구니없었다. 그건 마치 음식점에 배달시켜 놓고 외출 나간 것과 같은 일이었다.

'쳇, 괜히 걱정했잖아. 저런 무책임한 고릴라를 걱정하고 말이야…. 에휴, 참된 선생?'

다음 날이 돼도 여전히 오성국에게서는 아무 해명이 없었다. 이 정도면 사실상 연락을 끊을 필요성이 있었다.

'인터넷으로 만난 사람에게 너무 정을 줬어. 사람을 얼마나 안다고 말이야. 분명 내가 자꾸 물어보고 귀찮게 굴어서 그런 거야. 발목 잡지 말라는 거지.'

수석은 화가 머리끝까지 치밀어 올랐다. 그건 일종의 열등감이기도 했다.

'내가 공부 못한다고 무시하는 거지? 그래! 두고 보자!'

그사이에 세상은 시시각각 급변하고 있었다.

[코스피 역대급 급락. 장중 하한가 종목 402개]

[코스피 1834.75, 외인 '팔자' 1조 7,600억 폭탄]

[글로벌 증시… 일제히 폭락 '혜성 충돌' 악재]

['혜성 충돌' 테마주 급등, 관련 종목 무엇이 있나?]

그 와중에도 얼마나 공부에 열중했던지 수석의 눈은 붉게 충혈돼 있었다.

'I don't know he wants me…. 그는 나를 원한다는 것을…. 나는 모른다…. 이게 맞나?'

7화

밤늦도록 공부에 매진하고는 드디어 수석은 그날의 첫 식사를 했다. 역시나 라면이다.

'이거면 충분해. 너무 과도한 식사는 몸을 무겁게 만들 뿐이야.'

— 부글부글.

라면 면발이 충분히 익어 갈 무렵, 어디선가 걸려온 전화가 울리기 시작했다.

— 띠리리리.

'젠장할, 대체 누구야? 감히!'

수석은 항상 전화가 오면 짜증이 났다. 아무래도 배달 대행 시절의 습관이 남은 탓이었다. 그래도 설마 오성국인가 싶은 생각에, 투덜대면서도 스마트폰이 놓인 책상으로 다가갔다.

'뭐야? 모르는 번혼데? 스팸인가? 미친놈들 세상 멸망하는 마당에…'

모르는 번호였지만 혹시나 하며 전화를 받았다.

"여보세요?"

"안녕하십니까, 성동경찰서 김철중 형사입니다."

예상과는 다르게 전화를 건 사람은 자신을 경찰이라 밝혔다.

"네? 경찰이라고요? 경찰이 이런 이상한 번호로 전화를 해요? 보이스 피싱 아네요?"

수석은 지금껏 검찰, 경찰, 금감원, 국정원, 국세청, 병무청… 각종 기관을 사칭한 보이스 피싱 전화를 받은 적이 있었다.

"경찰 맞습니다. 뒷번호가 1112 잖아요."

"1112 뜨면 다 경찰이라고요? 배달하는 내 친구는 1111인데 걔는 국정원 요원입니까?"

"됐고요, 간단하게 물어볼 게 있어서 전화했습니다."

별안간 무슨 경찰 전화인지 어이가 없었다.

"김수석 씨 맞죠?"

"맞는데요. 설마 뭐, 계좌 비밀번호를 해킹 당했다니 그런 소린 아니죠?"

계좌의 계자만 들어가도 바로 끊어 버릴 작정이었다.

"이보세요. 그냥 듣기나 하고 대답이나 하세요."

형사라는 사람은 비록 전화상이었지만 분위기가 제법 무서웠다.

"넵…."

"혹시, 오성국 씨라고 아십니까?"

순간 수석의 가슴이 두근거렸다. 설마 하는 마음에서였다.

"네… 압니다."

"오성국 씨가 오늘 아침에 사망하신 채로 발견됐습니다."

"뭐… 뭐라고요? 무슨 일이죠?"

어제 만나기로 했는데, 오늘은 죽었다니 황당할 따름이었다.

"뭐, 차에 연탄을 피운 걸로 봐선 자살하신 걸로 보이는 데요. 통신 기록을 떼어 보니, 최근에 서로 자주 연락한 것 같은데, 두 분 무슨 관계인가요?"

"음…. 일단은 인터넷 카페를 통해서 알게 됐습니다."

"혹시, 뭐 자살 카페 같은 건가요?"

"아… 아닙니다. 그냥 공부 카페입니다."

"그렇습니까…. 뭐, 알겠습니다."

형사가 말을 흐리자, 고작 그런 걸 묻기 위해 전화한 것인가 하는 생각이 들었다.

"그런데…. 정말 자살입니까?"

"어제오늘만 해도 자살자가 평소보다 몇 배는 많네요."

경찰의 일상적인 말투에는 오성국의 죽음이 단순 자살로 처리될 것 같다는 뉘앙스를 풍겼다.

"…많이 놀라셨을 텐데, 필요하면 참고인 조사도 받으실 수 있어요.

간단한 겁니다."

"일단 알겠습니다."

"필요하면 또 연락드리겠습니다."

— 뚝.

수석의 기억에서도 자살률이 급등하기 시작한 것이 바로 이때였다. 그렇지만 과거로 돌아와서 기껏 4년 동안을 열심히 살았던 사람이 갑자기 자살했다는 건 납득되지 않는 일이다.

'어이가 없군…. 왜 죽었을까?'

논리적으로 말이 되질 않았다. 하지만 멸망을 앞둔 세상에서는 너무나 흔한 일이다. 밥 짓다 말고 뛰어내린 주부, 치킨 사 들고 집에 가다 갑자기 버스에 몸을 던진 가장까지. 이처럼 단순히 겉으로 보이는 하나하나의 사건은 누가 봐도 이해하기 어려운 일이다.

'갑자기 다시 6년을 버틸 용기가 없어서…? …이런! 내 라면!'

경찰서 형사과.

"김 형사, 전화 돌려봤어?"

"네, 과장님. 최근 연락한 사람이 얼마 없어서 금방 끝났습니다."

"뭐 건진 거 있나?"

"한 명 있습니다. 신원 조회해보니 의심 가는 구석이 좀 있어서요. 경찰 전화인데 별로 놀라지도 않더군요. 대담한 놈입니다."

"그래? 괜히 들쑤셔 놓은 건 아니지?"

"아뇨, 당연히 안심하게 했죠."

과장이 자살은 아니라는 듯 단정적으로 지껄였다.

"부인도 있고 어린 자식도 있겠다. 멀쩡한 교사가 괜히 죽을 리가 없잖나. 그것도 뽑은 지 얼마 안 된 새 차에다 누가 연탄을 피워."

"그러게요? 새 차에 연탄 피웠다는 얘긴 들은 적도 없어요."

"일단 국과수 부검 결과가 나와 봐야 알 거니까…. 김 형사는 그 의심 가는 놈 주변이나 한번 캐봐."

"뭐, 일도 아니죠."

오성국에게 내심 미안했지만, 어쨌든 산 사람은 먹어야 했다.

— 북북.

— 쩝쩝.

냄비에 다 졸아 붙은 면을 수저로 박박 긁어 먹었다.

'대체 왜 죽은 거야….'

죽은 줄도 모르고 원망한 걸 생각하니 부끄럽기 그지없었다.

— 쩝쩝.

'그래…. 사람 된 도리를 해야겠지. 부조금이라도 내야겠어.'

— 쩝쩝.

'근데…. 장례식은 어디서 하는 거지?'

곧장 형사가 떠올라 전화기를 집어 들었다. 꼭 장례식장은 알아야

했다.

"네, 성동경찰서 형사과입니다."

"거기, 그 자살 사건 담당 형사님 계십니까?"

전화 받은 사람은 퉁명스럽게 대답했다.

"죄송한데, 그런 담당 형사님은 안 계세요."

"그러니까 자살 사건 맡은 분이요."

"자살 사건 담당한 형사분이 한둘인가요."

"그, 김씨였는데…. 이 전화로 전활 걸었어요."

"하하, 김씨가 뭐 한둘인가요?"

"아, 거 참…. 거기 경찰서에 형사가 100만 명쯤 있습니까? 거기 근

무하는 형사분들 최근 5년 내 야근 기록 정보공개 청구라도 합니까?"

정보공개 청구라는 말에 정신이 번쩍 들었다.

"뭐… 뭐 때문인가요…? 저한테 물어보세요."

"그, 오성국 선생님이라고…. 연탄 불 피워서 돌아가신 분 장례식장

좀 알고 싶어서요."

"아, 오늘 아침에 접수된 선생님 자살 사건이요~ 아직 미정일 겁니다. 국과수에 부검 넘겼으니까요."

"알겠습니다. 다시 전화 드리죠."

"뭐? 장례식장을 물어봤다고?"

김철중 형사가 외부에서 전화를 받고는 크게 호통 쳤다.

"그래서 뭐라고 했어? 다 떠벌리면 어떡해! 일단 알았어!"

경찰서에 직접 캐 물어보는 대담함, 김철중은 확신이 들었다.

'장례식장 어디냐고 슬쩍 떠봤다 이거지…. 부검 들어갔나 확인하려는 수작이겠지? 이 새끼… 완전 프로야.'

살인을 자살로 위장하는 가장 흔한 수법 중 하나가 바로 불을 사용하는 것이었다. 불에 탄 시신은 부검하기도 힘들고 약물 검출도 제한적이니까.

'간이 배 밖에 나왔구만…. 서울 한복판에서 잘도 저질렀겠다.'

김철중은 자신의 감을 믿었다. 100% 맞지는 않았지만, 감으로 추적해 범인을 잡아낸 적이 한두 번이 아니었다.

'3년 전 자살 위장 사고랑 비슷한 케이스야. 그때도 서로가 인터넷으로 알게 된 사이였지. 더군다나 자살 위장에 경찰에 직접 전화를 거

는 대담함! 이 새끼 만만찮은 놈이야.'

일정한 직업이 없는 데다 구직 활동도 하지 않고, 이 동네 저 동네를 떠돌며 살았다는 건, 그저 범죄자의 흔한 특성으로 보였다. 곧, 2012년 형 아반떼가 뒷골목 길가에 멈춰 섰다. 바로 수석의 집 앞이었다.

'뭘 하는지 지켜봐야 해.'

어제오늘 들어 관내에서 자살 사고가 이상할 정도로 늘어난 것이 어지간히 수상했다. 물론 혜성 충돌 탓도 있겠지만, 단순히 그 때문에 충돌까지 6년이나 남은 삶을 포기한다는 것은 김철중의 입장에선 도무지 이해할 수 없는 일이다.

'이 새끼가 돌아다니면서 다 죽인 거 아니야?'

30분 정도 기다렸을까. 수석이 집 앞에 모습을 드러냈다. 후줄근한 추리닝에 패딩 점퍼를 입은 채였다. 수석은 집 앞에 서서 담배 몇 개비를 연신 펴 대고는 그대로 집 안으로 들어갔다.

'줄담배라니…. 초조하겠지?'

김철중처럼 노련한 형사들은 항상 모든 가능성을 고려해야 한다는 걸 잘 알고 있었다. 곧장 수석이 버린 담배꽁초를 주워서 증거 채집용 비닐에 담았다.

'국과수에 넘겨야겠어…. 혹시 현장에서 나온 유전자와 일치할 수도 있으니까 말이야.'

수석은 의자에 앉아 TV를 틀었다. 인기 사극 드라마 〈바라미 구르
믈 달호샤〉를 볼 시간이었다. 전생에는 배달 일이 바빠서 한 번도 보
지 못했다.

남들 다 재미있게 봤다는데 수석만 보지 못해 꼭 이것만은 보고 싶
었던 것이다.

'저 드라마는 달라! 철저한 고증으로 만든 사극이지. 난 조선 역사
를 공부하려는 거야.'

「시청자 여러분 죄송합니다. 오늘 〈바라미 구르믈 달호샤〉는 특집

　편성 방송으로 인해 결방됩니다.」

'뭐라고! 미친! 무슨 개소리야!'

「특집 편성 ― 2030DA란 무엇인가?」

'쳇, 저딴 방송이나 하려고 감히 드라마를 결방한다고?'

수석의 반발과는 상관없이 특집 편성은 그대로 진행됐다.

「안녕하십니까. 특집으로 마련된 '2030DA란 무엇인가?'의 진행자 정평정 아나운서입니다. 오늘 특집 방송에는 패널 두 분을 모셨습니다. 먼저, NASA 연구원이자 양심선언의 주역, '해리 정' 천문학 박사님 모셨습니다.」

— 짝짝짝

방청객들이 영혼 없는 박수로 환영했다.

「대중시사 평론가이신 진장혁 교수님도 모셨습니다.」

— 짝짝짝짝

대체 뭐라고 떠들어 대는지는 볼 필요가 있었다.

「… 우선 2030DA에 대해서 해리 정 박사님께서 설명해 주시죠.」

'뭐야? 해리 정? 교포인가? 그냥 흔한 코리안 같은데?'

「안녕하십니까. NASA 연구원 해리 정입니다…. 일단 2030DA에 대해서 간단히 설명 드리도록 하겠습니다. 2030DA는 현재 지구를 향해 다가오고 있습니다. 분석 결과 6년 후 중국에 충돌할 예정입니다.」

「박사님, 지구와 충돌하면 어떻게 되는지 시청자분들께 자세히 설명해주시기 바랍니다.」

「2030DA는 지름이 12.9킬로미터이고, 초속 27킬로미터의 속력을 보이고 있습니다. 지금의 궤도로 지구에 충돌할 경우, 충돌각도는 약 15도가 나올 것입니다. 이 경우 충돌 키네틱 에너지는 $4.19*10^{23}J$이고, 충격 에너지는 무려 $4.16*10^{23}J$에 달하며, 최대 복사열은 $5.55098s$, 조사 지속시간은 $1.94*10^3s$ 정도로 예상됩니다. 충돌 폭발력은… 대략 $6.62*10^8 J/m^2$로 계산됩니다.」

그러자 진장혁 교수가 아연실색하며 해리 정에게 말했다.

「아… 박사님, 좀 쉽게 설명해주시죠. 국민 모두가 물리학 전공자가 아니잖습니까.」

「죄송합니다. 우선, 충돌 시 지구 표면에 생겨나는 크레이터 지름이 약 45킬로미터, 깊이는 1킬로미터에 달할 겁니다. 그리고 리히터 10 규모의 지진과 초속 569미터의 강풍을 사방으로 발생시킬 것으로 보입니다.」

'뭐야, 리히터 10? 그러니 다 죽었군.'
리히터 10은 리히터 8의 대지진보다 1,000배 강력하다.

「화구의 반지름은 149킬로미터로, 이는 1억 5,000만 년 전에 공룡을 멸종시켰던 혜성이 했던 것과 비슷한 파괴력입니다.」

이번에는 진행자가 물었다.

「그러니까 그게 어느 정도 위력이란 말입니까?」
「충돌 지점에서 500킬로미터 떨어진 사람이 입은 옷에 불이 붙고, 피부가 타오를 겁니다. 2,000킬로미터 떨어진 건물도 지진으로 전부 무너지고, 초속 569미터 강풍이 건물이나 다리같이 인간이 만든 것을 모두 파괴시키겠죠. 이는 지구 상당 지역에 미치는 영향입니다.」

그냥 다 죽는다는 소리였지만, 거기서 끝이 아니었다.

「이게 또 구성 성분에 얼음이 많은 혜성이라서요. 충돌 시 발생하

는 거대 수증기가 질산화물 찌꺼기와 결합해 강력한 산성비를 발생

시키는데 결국 오존층을 대부분 파괴하고 토양을 황폐화시킬 겁니

다.」

「끔찍하군요.」

평소 말이 많은 진장혁 교수였지만, 이 순간만큼은 아니었다. 계속

해서 해리 정 박사는 신난 듯이 말을 이어갔다.

「이후에는… 약 2~3조 톤의 미세 먼지가 발생해 지구 전체를 뒤덮

어, 충돌 겨울로 인한 빙하기를 맞이할 것으로 보입니다. 결국 대부

분의 동식물이 멸종할 것으로 예상됩니다.」

「그… 빙하기는 얼마나 지속됩니까?」

「시뮬레이션 결과는 최소 2년 이상이었습니다. 혜성이 충돌한 동아

시아 지역은 3년 이상입니다. 분명 제대로 호흡할 수 없을 겁니다.」

「….」

'….'

수석은 끔찍했다. 무엇보다도 해리 정 박사의 엄청난 지식과 높은 수준이 말이다.

'미친! 저런 새끼들과 경쟁해야 한다고? 키네틱 에너지에 복사열이 몇 승이라고? 아무렇지도 않게 지껄이잖아? 빌어먹을!'

가급적이면 해리 정이 검은 머리 미국인이었으면 하고 생각했다.

생존 표를 1자리라도 더 건사하려면 그 편이 좋았다.

'저 새끼 분명 10위 안에 들 것 같아. 옆에 있는 엘리트 아나운서와 대학교수가 초라해 보일 지경이야.'

수석의 남다른 반응과는 달리 국민들의 반응은 절망 그 자체였다.

이 특집 방송을 기점으로 국민의 불안감이 폭증하는 기폭제가 된 것이다.

곧, 인터넷에는 〈바구달 결방〉 키워드를 제치고 몇 개의 키워드가 인터넷을 모두 점령했다.

〈종말〉, 〈멸망〉, 〈빙하기〉….

수석이 검은 정장을 차려입고는 간만에 집을 나섰다.

주변에 잠복하고 있던 김철중은 근거리에서 수석을 뒤따랐다.

엄연히 영장 없는 사찰이었지만 어차피 그런 건 지금 시국에는 아무도 신경 쓰지 않는 일이다.

— 삑, 승차입니다.

수석이 버스에 오르자 따라 타고, 내리자 따라 내린다. 이렇듯 미행은 단순한 일이다. 도착한 곳은 다름 아닌 오성국의 장례식장이다. 비로소 자살로 수사 종결되어 뒤늦게 장례식이 진행되는 중이다.

표면상이야 어쨌든, 파고들면 누구나 아픔은 나오는 법, 작년부터 부부 관계가 좋지 않았고, 얼마 전에는 코인으로 몇천을 잃었단다. 또 장기 담보 대출로 매입한 아파트 값이 많이 떨어졌다는 것도. 이런 것 저런 것 다 갖다 붙이면 겉으로 보기에는 충분히 자살 사유가 될 수도 있다.

'오성국 정도 되는 사람이 고작 그런 걸로?'

이유야 어쨌든 수석은 장례식장 안으로 들어섰다.

'얼마를 내야 할까.'

보통은 아는 사이인 경우 10만 원, 친한 경우에는 15만 원이다. 2026년의 물가로는 그게 일반적인 부조금 액수이다.

'어차피 죽은 사람에게 돈이 다 무슨 소용일까. 있을 때 잘 해줬어야 해….'

자신의 장례식에는 누가 올 수 있었을까? 모두가 같이 멸망하면 결국 와줄 수 있는 사람은 아무도 없다.

'무리하진 말아야겠어.'

ATM 앞에서 한 번 절망하고는 손을 부들부들 떨면서 1만 원권 10장을 봉투로 밀어 넣었다. 그리고 곧 다시 투표하는 마음으로, 조마조마하며 부조금 함에 돈을 넣었다.

장례식장에는 사람이 꽤나 많았다. 세상이 망하더라도 이렇게 와주는 사람이 있다는 건, 필시 망자가 바르게 산 덕분일까.

그중에는 학생들이 꽤나 많았다.

'역시 선생답군.'

그때였다.

"앗! 유아리다!"

"유아리?!"

사람들이 동요하며 요란법석을 떨기 시작했다.

'이런 호래자식들…. 어디 신성한 장례식장에서…?'

그런데 장례식장 입구에서 천사 하나가 강림하며 지상계로 내려오고 있었다.

바로 유아리였다.

'유아리' 그녀는 누구인가? 대한민국의 국민 여동생이자, 매일 밤마다 수석을 아찔하게 만드는 장본인이다.

'헐…. 유아리!'

항상 TV와 모니터를 통해서만 봤던 그녀의 실물은 모두에게 형언할 수 없는 감동을 주었다.

'도대체 유아리가 왜 온 거지?'

그 자리에 있던 모두가 하는 공통된 생각이었다.

궁금증을 풀어 주려는 듯, 누가 시키지도 않았지만 유아리 매니저라는 자가 나서서 사람들에게 알리듯이 말했다.

"유아리 씨도 고등학교 은사님의 장례식에 문상 왔습니다. 고인에 대한 깊은 애도의 뜻을 모두 함께 경건한 마음으로 명복을 빌어 주시면 감사하겠습니다."

'생긴 걸로만 판단해서는 안 되겠어. 말본새를 보니 나보다 순위가 높겠군.'

매니저는 은근한 카리스마가 있었다. 곧 사람들은 경거망동하지 않고 이곳이 근엄한 장례식장임을 상기했다.

그리고 유아리는 천사같이 사뿐사뿐 걸어 두툼한 부조금 봉투를 힘겹게 구겨 넣고는 고인에게 작별 인사를 올리러 갔다.

'나… 나도 마지막 인사를 해야 해.'

유아리와 몇몇은 빈소로 들어섰다. 그리고 재빨리 뒤따른 수석의 눈앞에는 새하얀 유아리가 한눈에 들어왔다.

'하…. 고인 앞에서 이러면 안 돼. 나는 정말 답도 없는 쓰레기야…. 날 도와준 분을 보내는 마지막 자리에서….'

수석은 힘겹게 눈길을 돌려 상주를 봤다. 불과 중학생 남짓이었다. 그걸 보니 수석은 어릴 적 부모님의 장례식이 떠올랐고, 감정이 북받

처 오르더니, 그만 눈물이 왈칵하고 쏟아졌다.

그런 그를 주변 사람들은 그저 '제자였겠지?' 하고만 생각했다.

"저, 이거로 닦으세요…."

마음씨 착한 유아리는 직접 품 안에서 새하얀 손수건을 꺼내 수석에게 건네줬다.

"감사합니다…. 유아리 님."

수석의 손에는 유아리가 건네준 앙증맞은 곰돌이 손수건이….

― 팽, 팽! 뿌앙 뿌우우웅!

소리는 요란했지만, 그건 필시 슬픔의 잔여물이 남긴 끈질긴 소리였다. 그 소란에 대해서는 그 누구도 문제 삼지 않았다.

어느덧 핑크 곰돌이 손수건은 눅눅하며 축축하고 누우렇게 변해 있었다.

"자… 잘 썼습니다. 유아리 님."

인성이 어찌나 좋던지, 그녀는 아무런 내색도 하지 않고는 수석에게 소곤소곤 말을 건넸다.

"가지셔도 돼요…."

'아! 이 여자는 얼마나 아름다운가!'

하고 생각하는 중에, 유아리가 말했다.

"제 고등학교 은사님이셨어요. 정말 좋은 분이셨는데…."

"그… 그랬군요…."

수많은 팬 사인회와 공연으로 다져진 덕분일까. 유아리는 누구에게나 친절했다.

곧, 사뿐사뿐 유아리가 향 하나를 피우고는 큰절 네 번과 반 배 한 번을 올렸다. 전통 예법의 완벽한 표본이었다.

'아! 오성국 선생님… 당신은 진정 훌륭한 사람이었군요.'

수석의 손에 꼭 쥐어진 곰돌이 손수건도 슬펐는지 눈물을 흘리는 듯 축축했다.

'죄송합니다…. 죄송합니다…. 죄송합니다.'

그렇게 세 번 연달아 사과하고 나서야,

'괜찮다.' 하고 영정 사진 속의 망인이 웃는 것처럼 느껴졌다.

유아리는 다음 스케줄이 바빴는지 유족에게 위로를 올리고는 곧장 장례식장을 빠져나갔다. 사람들은 아쉬워하며 스마트폰을 꺼내 찍어대기 시작했다.

— 찰칵.

— 찰칵.

— 찰칵.

9화

'쳇, 멋대로 찍으면 범죄다. 이런 말도 모르나?'

순식간이지만 수석은 유아리를 색인하고는 차원 레코드를 조회했다.

【*유아리* ─ 김수석이 매일 상상하는 여자

존재 ─ 인간

조회 ─ '생존자 공부능력'

국어 C- 외국어 C- 수학 D- 과학 F 사회 F 기술 F 상식 D-】

'이런…. 유아리…. 공부를 못했어…?'

안타까움도 잠시, 바로 수석의 차례가 왔으므로 곧장 향을 피우고
는 절 두 번을 올렸다. 유족들에게 위로하는 것도 빼먹지 않았다.

"선생님의 명복을 빕니다. 슬픈 일을 당하셔서…. 하루빨리 이겨내
시기를 기원드립니다."

유아리가 했던 말을 따라서 했지만 뭔가 어설펐다. 사람들이 비웃는 것은 아닌가 싶어서 슬쩍 주변을 살펴봤지만 다행히 아무도 신경 쓰지 않았다.

'에휴, 위로도 못하는 병신!'

수석은 장례식장을 나서면서도 마음이 계속해서 복잡했고, 진이 빠져버린 것처럼 축 늘어졌다.

'대체 왜 자살한 걸까? 그런 공부 실력을 가지고서 말이야…. 하…. 그나저나 유아리…. 너무 좋다!'

하지만 그런 유아리도 종말은 피해갈 수 없다. 수석은 연예 전형 최종 5인 선발에서 살려 달라 애걸복걸하던 수많은 연예인과 셀럽들을 떠올렸다.

'그래…. 결국 다 죽었지….'

문득 이런 생각이 들었다.

'유아리를 살릴 수 있지 않을까?'

하지만 그녀의 공부 능력치는 엉망이었고, 더군다나 이미 이곳을 떠나 사라진 후였다.

'대체 무슨 수로 살려? 내 목숨 하나도 건사하지 못하는데.'

그저 할 수 있는 건 장례식장 앞에 멀뚱멀뚱 서서 담배나 태우기다.

'어쨌든, 오성국 선생의 자살은 뭔가 미심쩍어…. 그렇다면…?'

그 모습을 김철중이 먼발치에서 바라보고 있었다. 처음부터 끝까지. 장례식장에 들어서는 것까지는 설마하니 했다. 그런데 갑자기 빈소에서 질질 짜는 건 대체 무슨 짓이란 말인가.

틀림없이 사이코패스라는 생각밖에 들지 않았다.

— 뻴리릴리리.

그 와중에 김철중에게 전화가 걸려 왔다.

"국과수 유전자 감식 결과는 어떻게 나왔어? 뭐…? 불일치?"

자신의 직감으로는 무조건 김수석이 범인이었지만 국과수 조사 결과는 김철중이 틀렸다는 사실을 알려왔다.

'자살할 이유가 없어.'

'…절대 자살은 아니야.'

그렇게 둘의 의견이 일치됐다.

다시 철중이 수석을 쫓으려는 찰나였다. 형사과장에게서 전화가 걸려왔다.

"네? 미국이 계엄령을 선포했다고요? 근데 그게 저랑 무슨 상관입니까? 여기가 미국도 아니고요."

통화 중, 멀찌감치 수석이 버스 타는 모습이 보인다.

"아니, 과장님! 미국 애들 비행기 태워 보내는 걸, 왜 대한민국 경찰이 동원되어야 합니까…? 네…. 일단 알겠습니다."

　미국 국민들의 본국 송환을 도와야 하므로 당장 경찰서로 복귀하란 명령이다.

　"쳇."

　철중은 찝찝함을 뒤로 하고는 그대로 경찰서로 되돌아갔다.

　수석은 집에 오자마자 향내 나는 양복을 벗어 던졌다. 드라마 〈바구달〉이나 보고 다시 공부할 생각이었다.

　'저번에 못 봤으니까 꼭 봐야 해.'

　장례식장에 다녀온 동안 세상은 온통 미국 계엄령 소식으로 떠들썩했다. 한국도 슬슬 폭력시위가 거세졌기 때문에 계엄령은 시간문제였다.

　「중국은 이미 인터넷을 차단했습니다. 이걸 단순히 민주주의적 잣대로 좋다, 나쁘다 판단할 수는 없습니다. 미국의 계엄령을 보세요….」

　'빌어먹을…. 바구달은 오늘도 결방이야? 어휴, 공부나 해야겠군.

역사 공부 말이야.'

어차피 벌어지는 일은 벌어지는 일이고, 시험에 나올 것도 없다.

'태정태세문단세예성연중인명선…. 후후…. 이 정도는 초등학교 수준이지. 박탈해, 박지마, 박아달라…. 이 정돈 외워 줘야 역사 좀 안다고 할 수 있지.'

공무원 공부를 3년이나 했던 보람이 있었다. 별다른 노력 없이 신라 왕조 계보를 술술 외우자 수석은 뿌듯한 마음이 들었다.

그러고는 학습 성취의 대가였는지, 포인트가 조금 올랐다.

【차원 레코드 개화 포인트 적립 0.113%】

'찔끔찔끔 오르는군.'

어서 빨리 능력을 개화할 필요가 있었다. 단순히 능력으로 유아리의 위치를 추적하기 위함은 아니었다.

'난 사생팬은 아니야….'

수석은 유아리와의 만남을 떠올리며 곰돌이 손수건에 밴 향취를 느꼈다.

'오성국 선생…. 유아리. 으흠….'

또다시 혼자가 된 느낌…. 하지만 감상에 젖을 만큼 한가하지 않다. 수석은 살기 위해 계속 앞으로 나아가야 했다.

'잘 가시오…. 나는 절대 죽지 않을 테니까!'

다음 날에도, 그다음 날에도 수석은 담배 피울 때를 제외하고는 집 밖에 나가지도 않았다. 고립된 세상은 너무도 고요해, 6년 후의 종말이 의심스러울 정도였다.

'아, 진정 공부하는 즐거움이란 이런 것이로구나…. 하나하나의 이치를 깨닫는 과정이 너무 즐거워!'

지금까지의 성취보다 더욱 깊은 곳으로 나아가니 또다시 새로운 경지가 펼쳐졌다.

과거에서 느꼈던 것이 모두 뒤집어지고, 마치 새로운 세상에서 모든 것이 재조합되는 느낌.

'…장광고유동…. 드디어, 고구려 왕조까지 다 외웠다.'

그 때문인지 개화 포인트가 쌓이는 양이 점차적으로 늘어나기 시작했다.

【차원 레코드 개화 포인트 적립 0.127%】

'오오!! 기세가 좋아.'

공부도 열심히 하고 그 때문에 성취도 있었기에 그간 방치한 카페와 유튜브 조회수도 한 번 확인해볼 필요가 있었다. 하지만 예상대로 별다른 특이점은 없었다.

카페 가입자 ─ 43명

유튜브 조회수 ─ 평균 22.1

생존 시험에 대해 사람들이 아직 알 턱이 없으므로 당연한 결과이다.

'만족스럽지는 않지만, 이 정도면 괜찮아.'

수석이 믿는 것은 오직 '생존자 자격 시험', 그 하나만으로도 엄청난 파급효과가 생길 것은 당연지사이다.

게다가 가입자는 아직 소수임에도, 글을 쓰는 자가 슬슬 생겨나고 있었다. 그중에서 '프랑켄'이란 아이디를 쓰는 유저가 남긴 글은 수석을 고무시켰다.

「카페 운영자님 존경합니다. 이런 좋은 콘텐츠를 무료로 올리시다

니! 지금이야 미미하지만 언젠가는 반드시 크게 될 것입니다.」

'크흐흐…. 존경까지야. 뭐, 댓글 정도는 남겨 줘야겠지?'

  ┗ 국민을 위해서 더 열심히 하겠습니다.

상당히 가식적인 내용이었지만, 앞으로 100만, 1,000만의 눈을 고

려한다면 겸손은 미덕이다.

이후에는 계속해서 인터넷을 돌며 그간의 뉴스를 훑어봤다.

[美 국방부, 남극이 가장 안전한 피난지]

['계엄령설' 음모론 최초 유포자 3명 구속]

[강남 ○성형외과 잇단 수술사고 사망… 벌써 3번째]

[전국 부동산 거래 꽁꽁, 정부 '양도소득세' 폐기 논의]

[여야, 만장일치로 국회 벙커 선진화 사업 통과]

그간 다양한 피난지가 거론됐다. 북극에서부터 세렝게티, 로키산
맥, 아마존까지 말이다. 하지만 미국이 남극을 유력 피난지로 주장하
기 시작하자, 곧 대세는 남극으로 굳어졌다.

'왜 하필 남극이었을까?'

나라 간의 일을 따져 봐야 내막을 자세하게 알려줄 사람이 누가 있
을까. 또, 어차피 생존자는 극소수일 것이다.

각 국가의 민초들은 결국 국가의 논리를, 힘없는 국가는 강대국의
논리를 따라야만 하는 것이다.

'곧 있으면 한국도 계엄령을 선포하겠군.'

이미 상당수의 국가에서 계엄령을 선포하고, 그 국민들은 극도의
불안 속에서 살아가고 있었다.

그러나 놀랍게도 한국인들은 비교적 일상에 가까운 나날을 보내고 있었다.

그야말로 세계가 놀랄 만한 일이다.

대한민국 국민들이 언제나 위기 앞에서 무덤덤한 이유, 그간 북한 덕에 발달한 온 국민의 '위기 무덤덤 능력' 때문일지도 모른다.

    └ 미국이 알아서 하겠지.

    └ 저출산으로 한국이 먼저 없어질 것 같은데?

    └ 정권 바뀌면 충분히 막는다니까.

    └ 공평하게 다 같이 죽자ㅋㅋㅋ

인터넷 여론은 여유롭기만 했다.

'아직 현실 체감을 못하는 중이니까.'

수석은 온갖 선동꾼과 테러, 사이비 종교가 판을 치던 때를 떠올렸다. 마지막 시험까지 죽지 않고 살아남은 것도 행운이나 마찬가지였을 만큼 세상은 엉망진창이 된다. 그러나저러나 다 죽게 되는 것은 달라지시 않을 것이다.

계속해서 수석이 무덤덤하게 인터넷 뉴스를 훑어보는 중에,

'앗! 뭐지?'

수석은 유아리에 대한 기사를 보고는 도저히 평안할 수 없었다.

[유아리, 공연 일시 중단… 소속사, '과로 아니다']

— click!

「유아리가 〈2025' 전국 투어 공연(수원 공연)〉 도중 잠시 현기증

증상을 보여 공연이 일시 중단돼 관심이 모아지고 있다.

이날 유아리는 2만 관객 앞에서 공연을 한창 진행하던 중, 갑작스

럽게 현기증을 호소하며 무대 위에 주저앉았다. 이후 잠시 관객 사

이에 소란이 생겼으나 다행히 곧 공연은 재개됐고, 공연 마무리 단

계에서 유아리가 공연 사고에 대해 직접 사과했다.

이후 잇따르는 혹사 의혹에 소속사 관계자는 "과로는 아니고 단순

한 현기증이었다."고 밝혔다.

현재 유아리는 일정을 정상적으로 소화하는 것으로 알려졌다.

u-turtle@mynews.co.kr 유남생 기자 — 〈무단전재 및 재배포

금지〉」

'이런… 분명 과로 때문이겠지? 불쌍한 유아리…. 곧 세상이 멸망하

는데 제대로 쉬지도 못하고 있어.'

장례식장에서 유아리를 직접 본 이후로 전보다 훨씬 호감도가 높아

진 탓이었다.

며칠 후, 대한민국 대통령은 '세계 정상회담' 참여를 위해 스위스 취리히에 도착했다.

　정상회담의 공식 명칭은 〈세계정상국제조약회담(World Summit on International Treaty)〉, 줄여서는 WIT(위트)로, 영어로 지혜, 지력을 의미한다. 이 회담에는 전 세계 227개국 정상들이 함께했다.

　WIT는 상당히 공식적이면서도 동시에 은밀했다. 주요 안건이 각국의 핵심 국가 안보에 관한 것이기 때문에 언론 보도조차도 공동 보도 자료만을 인용할 수 있었다.

　하지만, 얼마 가지 않아 회의 내용 일부가 문건화되어 인터넷을 떠돌았다. 회의 결과에 불만을 가진 세력들이 퍼트렸거나, 혹은 각국 정부들의 행태를 고발하기 위한 것인지도 모른다.

　최초로 유포된 것은 고발 전문 유명 웹사이트인 〈리스크리크스〉를 통해서였고, 이후 전 세계 네티즌들의 자발적인 번역 기여를 통해 여러 가지 버전으로 분화되어 전 지구로 퍼졌다.

　비전문가들이 다수 참여한 덕분에 번역은 비문과 중역투성이었으나 그럼에도 대중들의 알 권리를 충족시키기에는 충분했다.

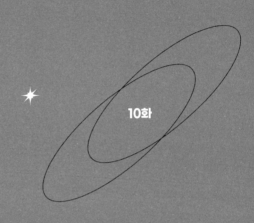

10화

리스크리크스에 폭로된 내용은 다음과 같았다.

《WIT 비밀 보고서입니다. 1.8Ver. (based on Riskleaks.org)》

〈WIT 본회의 기록〉

〔기조 연설자 — 스위스 대통령, 하인츠 노이뷔르거〕

"Zunächst möchte ich jeden Führer zu danken, sagte, dass der lange Weg gegeben." *독일어(스위스 지방 사투리)

"스위스 대통령이 지금 뭐라는 건가?" *美 대통령의 동시통역 프로그램이 오작동하는 것으로 보임.

"먼 길 와서 수고했답니다." *주스위스 美 대사

〔본 연설 — 미국 대통령, 조 티모시 클루니〕

"안녕하십니까. 미국 대통령입니다. 스위스 대통령의 첫 인사는 인상적이었습니다. 고마워요 노이뷔르거.

우리는 공포에 떨고 있습니다. 지금은 매우 중대한 순간입니다. 우리는 단지 최대 1만 개의 생존 티켓만을 이용할 수 있을 것입니다. 그건 우리 모두 함께 나눠야(share)할 것입니다."

*WIT는 대피 최적지로 남극점 인근에 위치한 美 아문센&스콧 기지를 최적지로 선정.

"이제 그걸 분배하는 것이 지금 우리가 직면한 결정입니다."*많은 정상들 절망하는 표정 :(

"아문센&스콧 남극점 기지에는 이미 굴착이 진행되고 있습니다. 기지 책임자 앨런이 지금쯤 제 욕을 하고 있을지도 모르겠군요?"*웃을 포인트 :)

"HAHAHAHA!!"

"ははははは!!"*영국 총리와 일본 총리가 제일 크게 웃음.

"나는 생각합니다. 1만 개의 생존 티켓을 전 세계 모든 국가가 능력에 따라 균등하게 골고루 나눠 가질 수 있어야 한다고 말입니다."

〔대한민국 대통령 반응 녹취〕

"우리가 몇 표나 가져갈 수 있겠나?"*대한민국 대통령

"각하! 인구로 나눈다면…. 64표 정도일 겁니다."

"그걸 누구 코에 붙여!"

〈본회의 휴회〉

"暫時休会を要請します." *일본 총리 이와무라, 휴회를 요청.

"OK. It's Japanese rule?" *美 대통령

*선진국들은 미국의 의견에 반대하며 로비 시도. 휴회 중 주요 24개국은 미국 대통령의 휴게실 앞으로 집결. *클루니의 휴게 공간은 양키스 라커룸처럼 널찍했다고.

〔美 대통령 휴게실 녹취〕

"당신들이 원하는 게 뭡니까?" *美 대통령

"더 많은 생존 표를 원합니다." *24개국 대표자

"맙소사! 다른 가난하고 가엾은 나라들은 어쩌고요?" *美 대통령

"인구가 많거나, 가난하다고 더 많은 표를 가져가는 건 옳지 않습니다." *24개국 대표자

*미국은 인구로 세계 3위의 국가이다. 인구 순이 나쁠 이유는 없다. 단지, 중국을 견제하기 위한 것으로 보임.

"OK. 그러면 이렇게 합시다. 각 국가의 시간대역별로, 같은 시간대의 국가들끼리 적당히 분배하는 거요." *美 대통령

*이는 칠레같이 위아래로 기다란 나라에게는 상당히 불리함. 서유럽과 러시아는 유리했기 때문에 당연히 찬성.

전 세계를 16개의 주요 시차 구역으로 나누고 각 시간대 구역마다 625표씩을 배당. 이 경우 미국은 7구역, 러시아는 10구역, 중국은 1구

역을 가져감. 그리고 구역에 따라 같은 시간대를 공유하는 나라들과 인구 순으로 배분.

산출 결과, 미국은 1,523표, 러시아는 932표, 중국은 570표.

*중국 주도의 반발이 거세지자, 다시 한번 수정. *채권국의 눈치를 보는 미국

다시 중국, 900표로 증가. 한국은 108표.

"다들 이 정도로 만족합시다." *독일 총리

*아프리카와 동남아, 남미 국가들 거세게 항의했지만 받아들여지지 않음.

*결국 상임국가 13개국 만장일치 의견 승인.

〔기타 의결 사항〕

*모든 국가 간의 이민과 망명, 난민 수용의 일괄적 폐지.

*문화유산 및 동식물의 보호에 관한 의결.

*국가별로 배당 받은 티켓의 분배는 각국 개별적으로 처리.

〔WIT—국가별 생존 티켓 배분 최종 현황(총 1만 명)〕

미국 — 1,399

중국 — 900

인도 — 832

러시아 — 671

인도네시아 — 560

브라질 — 550

일본 — 347

독일 — 333

프랑스 — 312

영국 — 305

이탈리아 — 249

파키스탄 — 240

스페인 — 135

나이지리아 — 133

방글라데시 — 119

멕시코 — 110

대한민국 — 108

캐나다 — 97

이란 — 97

태국 — 64

미얀마 — 46

콩고 — 42

이스라엘 — 39

.

.

유출된《WIT 비밀 보고서》는 전 세계에 역대급 충격을 파급, 10억 명 이상이 조회한 것으로 추정됐다. 보고서에 첨부된 '국가별 생존 티켓 배분 최종 현황'은 놀랍게도 각 정부의 공식 발표 결과와 100% 일치해 비밀 보고서 내용에 신빙성을 더했다.

이후 미디어들은 앞다투어 마치 제 특종인 양 대대적으로 보도하기 시작했다. 때문에 언론 통제를 하지 않는 국가들의 혼란은 급속도로 가중됐다.

    └ 미친 새끼들!! WIT 같은 소리 하고 자빠졌네. 지들 멋대로 저런

      걸 정해?

    └ 에휴~ 후진국 사람들은 사람도 아닌가…?

    └ 야, 북한은 이미 생존자 명단 제출했다더라.

    └ 거 참…. 숟가락 하나 더 얹어서 10,001명 살려라.

그 혼란의 와중에서 북한은 세계 최초로 생존자 명단 13명을 WIT에 제출했다. 명단에는 지도자의 이름이 가장 앞서 있었다.

    └ 야! 시발! 북진해서 표 뺏자!

    └ 어이가 없네…. 북한에도 생존권을 줘?

    └ ㅉㅉㅉ북한 사람들은 사람 아니냐?

┗ 이모! 여기 종북 하나 추가요!

┗ 고모! 여기 똘빡 하나 추가요!

수석은 이미 한 번 겪은 일인지라 돌아가는 상황이 더 재미있게만 느껴졌다.

'흐흐흐… 이제 제대로 혼란스러워지겠구먼…. 따질 것도 없어. 어차피 누군가는 살고, 누군가는 죽어야 하니까. 방식이 뭐든 간에 죽는 사람 수는 줄지 않아.'

국가별로 생존자 수가 정해졌다는 소식이 공식화되면서, 인터넷에는 〈생존자〉 같은 키워드 검색이 급증했다. 당연히 수석의 카페도 그만큼 검색 노출이 크게 늘었다.

'오우! 벌써 가입자가 5,000? 놀랍군. 아직 생존자 시험 얘긴 나오지도 않았는데….'

가입자들의 반응은 각양각색이었다.

┗ 이 카페는 뭐지? 생존자 티켓하고 관련 있는 건가요?

┗ 일단…. 공식 카페라는데…. 생존자 카페 맞나?

└ 공부 카페 같은데? 생존자는 그냥 어그로용인가 보네….

일단 유입이 많아지기 시작하니, 유튜브 조회수도 쭉쭉 올라가기 시작했다. 조회수가 높은 건 1,000 단위가 넘기도 했지만 아직까지 사람들은 그저 '왜 공부 동영상이 나와?' 하는 생각만 할 뿐이다.

사회가 급속도로 혼란스러워지면 나타나는 현상 몇 가지가 있다. 그건 바로 유언비어, 폭동, 약탈, 사기, 이 네 가지는 다른 부가적인 범죄들도 유발하는 동시에 상호 간에 시너지 효과를 내면서 점점 규모가 커지기 시작한다. 어제는 '쯧쯧' 하던 사람이 내일은 동참할 수도 있다.

김철중 형사도 하루 24시간 길바닥에 동원됐다. 선잠도 길바닥에서 자야 했다. 하지만 곧 경찰 인력으로는 도저히 막을 수 없을 정도가 되어서야 대한민국 대통령은 중대 결단을 내리게 된다.

「현 시간부로 대한민국의 영토인 한반도와 부속도서 전 지역에 계엄령을 선포합니다.」

전국적으로 시위대가 150만 명을 넘었을 무렵이었고, 곧 200만 명, 300만 명으로 폭증할 기세였다.

"호구 외교 물러가라!"

"대통령은 하야하라!"

"천부인권에 생존 표가 웬 말이냐!"

시위대는 나름의 이유를 들어 구호를 외쳤지만, 정부는 그들을 불법 선동 시위꾼으로 규정하고 즉시 해산할 것을 명령했다.

수석은 그때 길거리로 쏟아진 수없이 많은 사람들을 떠올렸다.

'죄다 끌려갔지…. 나중에는 감옥에 자리가 없어서 자택 연금형에 처했고 말이야.'

혼란은 가중되고, 이대로 생존 표 108개는 고위층 금수저가 독식할 것이라는 부정적 인식이 팽배했다. 심지어 인터넷에서는 대통령과 내각진, 전국구 의원, 재벌들로 이뤄진 구체적인 생존자 108인 명단이 여러 가지 버전으로 나돌기도 했다.

시간을 더 끌어봐야 그저 유언비어만 확산되고 불안만 가중됐다. 정보가 없는 대중들은 상상을 통해 유언비어를 공모할 뿐이었다.

결국, 《생존 헌법 초안》이 초스피드로 나왔다. 그게 흥분한 국민들을 효과적으로 설득할지는 미지수였으나, 어쨌든 정해진 현실은 108명만 살 수 있다는 것이었다.

이어진 후속 대책으로 모두가 납득하라고 나온 것이 〈남극보존기지 생존자에 관한 법률〉이다. 국빈당과 서민당은 합심하여 이 법률을 잘도 통과시켰다. 두 당의 쪽수 앞에서 국회 선진화법은 무용지물이었다.

　'공부 순서로 산다. 참 병신 같은 논리였지…. 근데, 나 같은 배달부도 공부를 시작했어. 왜냐고? 살고 싶었으니까.'

11화

「지금…. 정부에서 풀어 놓은 알바들이!! 계속해서 글을 비공감 누르고 신고 삭제하고 있습니다!! 진실을 퍼트려 주세요!! 생존자 시험은 사기입니다! 이미 생존자는 정해져 있습니다!!! 어서 빨리 퍼트려 주세요!! 언제 또다시 삭제될지 모릅니다!! 정부 알바 OUT!」

이런 글이 인터넷에 널리 퍼졌음에도… 공부 순위대로 산다는 건 그만큼 공정한 맛이 있었다. 어차피 추첨 따위로 뽑거나, 전문가로만 구성해 생존자를 뽑는 것보다는 낫다. 공부라면 차라리 누구에게나 생존의 가능성이 있었다.

전 국민 누구나 공교육 12년을 받았고, 공부는 곧 노력과 재능으로 얻을 수 있는 것이라고 생각하는 사람이 절대 다수였으니까.

《생존 헌법 초안》은 다음과 같았다.

① 생존자가 되는 요건은 '해당 법률'로 정한다.

② 국가는 '선발 생존자'의 권리를 보장한다.

하지만, 정계 일각에서는 초안이 너무 졸속이면서 추상적이란 얘기가 나왔다. 게다가 헌법은 일반 법률과는 달리 일단 공고된 이후부터는 수정 통과가 불가하다. 하지만 상황이 상황이다 보니, 이례적으로 전임 헌법재판관들까지 동원하여 머리를 싸매고 문단을 고치고 고쳐나온 것이 바로 생존 헌법이라 불리는 〈대한민국 헌법 제 131조〉였다. 이는 대한민국 역사상 10번째 개헌안이다.

[대한민국 헌법 제 131조]

① 남극보존기지 생존자가 되는 요건은 '남극보존기지 생존자에 관한 법률'로 정한다.

② 국가는 '남극보존기지 생존자'에 대해 최우선적인 보호의 의무를 진다.

③ '남극보존기지 생존자'는 대한민국 국민으로서 대한민국의 계승·발전과 민족문화 창달의 의무를 진다.

곧장 대통령은 헌법 개정을 공고했다. 정해진 최소 20일의 공고 기간이 지나야 국회 표결로 개헌을 승인할 수 있다. 거기서 끝이 아니다. 그다음에는 국민투표를 통해 과반의 투표율과 과반의 찬성을 필요로 했다. 이렇듯 갈 길이 멀었다.

곧 국민 여론이 적당히 잠잠해지자, 이제는 각종 단체들만 남았다. 노동, 인권, 여성, 장애인, 무슨 협회, 조합, 연대… . 그 모두가 길거리로 쏟아져 나와서 저마다 소리치기 시작했다. 결국 하는 소리는 다 똑같았다.

"우리 같은 사람들을 위한 전용 생존 티켓을 달라!"

"우리에게 특혜를 달라!"

수석은 전생에서 그 무렵의 일을 회상했다.

'길바닥 여기저기에서 사람들이 배달 음식을 엄청 시켜 먹었던 때였지.'

하지만 길바닥 투쟁에 나선 그 어느 단체도 국민적 공감대를 얻어 내는 데에는 실패했다. 심지어 언론이나 정치권도 조용했다. 돈이나 일자리는 나눌 수도 있겠지만, 목숨을 나눌 수는 없기 때문이다.

그들의 주장은 아무 관심도 얻지 못했고 결국 생존 시험에 대한 최종 확정안이 나오고서야 조용해지기 시작했다.

✦

드디어 때가 왔다.

수석의 카페와 유튜브 인강은 그야말로 폭발적으로 성장하기 시작했다. 한 번 '새로 고침'을 누를 때마다 회원 수가 100명 단위로 증가했고, 유튜브 조회수는 그 배로 증가했으니…. 바야흐로 2025년 3월의 일이다.

'좋아! 드디어 시작이구나!'

수석의 노림수가 들어맞은 것이다.

'대충, 시간당 5만 명 정도가 가입하고 있네.'

포털 사이트 서버는 마치 수석의 카페를 위해서 존재하기라도 하듯, 그 엄청난 트래픽을 모두 견뎌내고 있었다.

말도 안 되는 성장세는 같은 분야의 경쟁 사기업도, 포털 사이트 모니터링 직원도 놀랄 정도였다.

가입자가 가입 인사만 남겨도 하루에 100만 건이 넘는 게시물이 쏟아지는 것이다. 이는 단 보름 만에 포털 사이트 카페 최고 등급인 '은하계' 등급으로 등극할 수 있는 말도 안 되는 성과이다.

일이 잘 풀려 가니 공부도 더 수월해졌고, 그래서일까, 수석은 폭발하는 차원 포인트에 다시 한번 크게 놀라고 만다.

【차원 레코드 개화 포인트 적립 ─ 3.357%】

'뭐… 뭐야? 하루 만에 3%가 올라?'

말도 안 되는 일이 벌어졌지만, 그렇게 오르지 말라는 근거도 없다.

'대체 무슨 일이 벌어진 거야?'

좋은 일에 의문을 품어봐야 시간 낭비였다. 가입자도 폭발하고 차원 포인트도 척척 쌓이겠다, 드디어 스터디를 조직할 때다.

'공부 잘하는 애들로만 인증 받아서 최상위권 회원들을 따로 관리해야겠어….'

수석은 재빨리 공지 글을 작성했다. 이 공지 글이 가지는 파급력은 언론사 하나의 영향력보다도 강력하리라.

이제 그는 100만 카페의 주인이자, 이대로 얼마 뒤면 1,000만 카페의 독재자였다.

「공부 괴물 인증 받습니다. 다음에 속하는 분들은 '공부왕' 등급으로
등업해 드립니다. 추후 카페 정모에 참여하실 수 있습니다.
항목 - 의사, 치과의사, 한의사, 약사, 수의사, 변리사, 변호사, CPA,
법무사, 관세사, 노무사, 행정고시/외무고시/로스쿨 합격자, 박사
학위, 기술사….」

공지가 올라가자 당일에만 수십만 명이 조회했고, 게시물도 폭발적으로 올라오기 시작했다.

└ 전문직만 공부왕 시켜주는 건 좀 아니지 않나요?

└ 즈그들끼리만 신났구만.

└ 카페 영자 님, 석사 무시하나요?

대부분이 불만 글이었지만, 수석은 신경 쓰지 않았다. 상위 1%만 남아도 1만 명이니까.

어차피 공짜 정보를 얻으러 오는 사람들이 대부분이기에 선심 써서 그들 모두를 공부왕으로 등업시킬 이유도 없다.

'그래도, 동기 부여를 줄 필요는 있겠지?'

수석은 다시금 공지에 내용을 추가했다.

「카페 활동이 우수한 분들에 한하여 '노력왕'으로 등업해 드리고 '공부왕'과 동등하게 처우하도록 하겠습니다. 그리고 '노력왕' 중에서도 활동이 우수한 분들을 카페 매니저로 선발하고 활동비도 드리겠습니다.」

여전히 불만을 보이는 자들이 많았지만 수석을 지지하는 게시물 또한 많이 올라왔다.

「공부 카페에서 전문직이 대우 받는 건 당연하죠. 그래도 노력왕이

라는 길을 열어주셔서 감사합니다. 열심히 활동해서 매니저가 되어

보겠습니다.」

‘어차피 불만이 많은 사람 모두를 만족시킬 여유도, 에너지도 없어.
그럴 시간에 공부나 해야지.’

수석의 바람대로 카페에는 전문직 인증 게시물이 줄을 이었다.

허위 인증도 많았지만, 노력왕으로 등업하기 위해 하릴없이 카페에
붙어서 허위 인증 저격을 업으로 삼는 사람들도 많았기에 신속한 검
증이 이뤄졌다.

⌐ 쥔장님!! 이 새끼 하버드 로스쿨 합성이에요!! 구글 원본 사진 첨

부함~!

⌐ 의사 면허 번호가 3만 번대인데… 지금 나이가 30대인 게 말이

됩니까?

⌐ ㅋㅋ 블로그 가보니까 고1 급식이구만. 니가 무슨 변호사냐?

기대 이상으로 많은 사람들이 인증을 올려 댔고, 허위 인증은 족족
까발려져 인민재판을 당하는 등 모든 것이 순조로웠다.

그럭저럭 ‘공부왕’ 등업자가 100명 정도 쌓이자, 이제는 그중에서
진짜를 걸러 내어 정모를 시도할 필요가 있었다. 이걸 구체화한다면,

최상위권만 모였다는 비밀 스터디 못잖은 최상위 스터디를 수석이 직접 구성할 수도 있다.

'그래…. 일단 정모를 해보자.'

✦

생존 카페는 인터넷에 큰 이슈를 만들었고, 많은 관계자들 또한 예의주시하고 있었다.

그중에는 김철중 형사도 있었다. 그가 보기에 카페는 수상한 것투성이였다. 생존자 카페를 통해서 죽일 사람을 찾는 건가도 싶어, 더 자세히 조사할 필요가 있었다.

'나도 정모에 참가해 봐야겠어.'

철중은 친한 경찰의 신분을 도용해 올렸지만, 그 누구도 허위 인증임을 밝혀내지 못했다.

    └ 경찰 간부가 맞는 듯?

    └ 오~ 경찰대 출신 간부도 왔네.

    └ 영자님! 블로그 가보니깐 몇 년 전에 올린 경찰서 체육대회 사진
      도 있네요.

수석은 새로 뜬 인증 게시물을 보고는 고민에 빠졌다.

'으음? 경찰 간부? 항목에는 없는데⋯. 이걸 어쩐다?'

경찰대 출신이면 엄연히 누구나 인정하는 엘리트 아닌가.

'그래, 전문직보다 급이 낮을 것도 없지 않나? 경찰 간부면 형법, 형사소송법 같은 것도 잘 알겠지?'

— 공부왕 등업 click!

족족 등업을 시켜주면서도 수석은 수시로 유튜브 조회수를 확인해 봤다. 이미 유튜브 조회수는 수백만 단위로 대폭발 중이었다.

'알고리즘 제대로 탔구나.'

영상 퀄리티가 낮아 욕하는 사람이 넘쳐 났지만 대부분에게는 그 정도도 감지덕지였다. 학원 강사나 원장들도 살기 위해선 공부를 해야 했기에 대패닉 상황에서는 제대로 영업하는 학원을 찾을 수가 없었던 탓이다.

'무료니까 그냥 좀 봐라.'

대한민국 국민 5,000만 중 기초 시험으로 2,000만을 뽑는다.

1,000만이 이미 통과권의 실력이라면, 기본기가 부족한 사람은 4,000만이니, 그 4,000만 명이 1,000만의 자리를 차지하기 위해 경쟁하는 구도가 되는 것이다.

아직 시험까지 8달이나 남았지만, 시간이 많다고는 할 수 없다.

'자, 이제 정모 할 분들을 뽑아 보자고.'

되도록 각 과목에 알맞은 사람들로 뽑는 것이 중요했다. 그리고 계속해서 모이려면 되도록 인근인 서울 거주자가 좋다.

어차피 막판에는 생존자 시험자만 추려 내고, 기초 시험에 떨어지거나 포기한 사람들은 모두 수도권 밖으로 이주하게 되니까.

'먼저 국어는…. 아까 교과서 집필진 출신의 국문학과 교수하고, 국어 1타 강사가 좋겠군….'

이렇게 과목별로 2~3명씩 뽑는 것이다.

'으음…. 누굴 더 뽑을까?'

하지만 막상 뽑으려고 보니 서울 거주자는 크게 많지 않았다.

특정 전문직 인증만 너무 몰린 것 때문일까. 국영수 과목에 적정한 사람은 넘치도록 많았지만, 일부 과목에서는 부족했기에 찾다 보니 눈에 띈 것은 아까 인증을 올린 경찰대 출신 간부였다.

'그래, 경찰대라니까 믿고 뽑는다. 그리고 마지막 하나는…? 응?'

누군가가 또 인증을 올린 것이 보였다. 바로 일전에 수석에게 쪽지를 보냈던 '프랑켄'이란 아이디를 쓰는 자이다.

'이런, 프랑켄! 이 녀석 의사였어? 존스 홉킨스 플라스틱 서저리? 성형외과 의사로군.'

인증 저격수들은 하나같이 인증에 조작이 없다는 의견을 보였다.

 └ 쥔장님!! 존스 홉킨스 맞네요~! ㅎㄷㄷ

└ 알룸니 넘버 확인 결과 진짜 의느님 맞음;;

└ 카~ 레알 천조국 의느님 공부왕 등판이요~!

└ 찐 100위 안에 들어갈 실력자네

'감이 좋아. 프랑켄 이 녀석으로 뽑는다.'

12화

인증 게시물을 자세히 살펴보니, 인증 사진 여러 장과 함께 '프랑켄'이라 적힌 포스트잇이 붙어 있고, 이름은 가려져 있다.

'의사라면 언제라도 환영이지.'

공부왕들이 이렇게 알아서 모여드니 수석의 가슴이 두근거렸다. 정모 후에는 정규적인 스터디를 만들고 계속해서 인재를 모아가면 될 것이다.

계속해서 선발된 20명의 공부왕에게 쪽지를 발송했다.

「제 1회 생존 카페 정모 초대장 ─ 안녕하십니까! 운영자 존잘남입
니다…」

'어차피 전부 다 오진 않을 거야. 그래도 10명 정도는 오겠지?'

다들 정보가 절실할 것이 분명하다. 이미 상당수 사람들은 생존 카

페의 운영자가 어떻게 사전에 생존 시험 관련된 카페를 만들 수 있었는지에 대해서 의문을 가지고 있었다. 필시 고급 정보를 얻을 수 있다는 기대를 가지기에는 충분한 의문이다.

「와우! 벌써 정모를 하는…」

「주인장님 정말 영광입니…」

「뽑아주셔서 감사합니다…」

벌써부터 감사 답장이 날아들었다. 보나마나 꼭 참석하겠다는 답장이다. 다양한 분야의 전문가 20명이 뭉친다면 능히 전 과목에서 80~90점 이상의 고득점을 얻을 수 있을 것이다. 그들로부터 빼먹을 수 있는 것은 최대한 빼먹어야 한다.

'공부는 환경이 중요하다니까.'

정모 날은 아직 사흘 뒤였으므로, 이제 다시 공부할 시간이다.

그리고 그 순간에도 차원 포인트 적립은 계속되고 있었다.

【차원 레코드 개화 포인트 적립 - 6.428%】

【차원 레코드 개화 포인트 적립 - 6.429%】

'세상에… 포인트가 폭발하고 있어!'

정모 날이 되자 사람들은 약속 장소인 회기역 술집으로 모였다.

"제가 프랑켄입니다~ 운영자님."

"오~ 프랑켄님! 반갑습니다! 어서 앉으세요~!"

가장 먼저 프랑켄이 수석을 맞이해 주었고, 다른 참가자들도 수석에게 깍듯이 대하였다.

참가자의 나이대는 30~50대로, 아직 20대인 수석이 가장 어린 편에 속했다.

총 가입자 100만 명 중에서 추려 낸 20명이었다. 물론 아직 인증하지 않은 공부 고수도 널렸겠지만, 이 정도도 충분히 대단한 사람들이다.

그래도 정말 공부 고수가 맞는지 검증할 필요가 있었기에 수석은 틈틈이 〈색인〉, 〈열람〉 능력을 통해 각자의 능력치를 확인해 볼 요량이다.

'오오…. 수학이 A+ 등급인 사람은 처음 보는데? 저 사람은 외국어가 A? 5개 국어 정도는 하는 건가?'

그중에서도 단연 놀라운 것은 '프랑켄'이었다.

【*프랑켄* ― 공부 카페에 가입한 의사

　　존재 ― 인간

140

조회 ─ '생존자 공부 능력'

국어 B+ 외국어 B+ 수학 A+ 과학 A 사회 B+ 기술 C 상식 B-】

대부분의 능력치가 상당히 높았고, 또 고르기까지 했다. 특히 수학과 과학이 A 이상이라는 점이 놀라웠다.

일반적으로 가장 올리기 어려운 능력치 세 가지를 꼽으라면, 수학과 과학 그리고 기술이었다. 그중에 두 가지를 A랭크 이상 달성한 사람은 많지 않을 것이다.

'평생 공부만 했나? 프랑켄 저 사람은 꼭 붙들어 봐야겠어.'

처음 보는 사람들이었지만 분위기는 잘 조직된 부흥회같이 좋았다. 모두가 생존 가능성을 조금이라도 더 높이기 위해 나온 것이었으니까.

"안녕하십니까. 저는 생존 카페의 운영자 존잘남입니다. 본명은 김수석이라고 합니다."

─ 짝짝짝.

"역시! 이름부터가 남다르십니다! 공부 잘하실 것 같아요!"

"자알 생겼다!"

사람들의 기대를 충족하기에 부족함이 없는 이름이다.

'흐흐흐…. 사실 그 수석首席(1등)이 아니라…. 수석首石(돌머리)이라고.'

군이 사소한 사실 관계를 밝혀 가며 스스로의 이미지를 훼손할 필요는 없었다.

"자, 모두 바쁜 와중에 자리해 주서서 정말 감사합니다. 앞으로 생존 시험에 대한 고오급 정보도 공유하고, 상부상조하면서 지속적인 친목을 도모하고자 이렇게 자리를 마련했습니다."

정모에 참석한 사람들은 '고급 정보'라는 말에 침을 꿀꺽하고 삼켰다. 카페 운영자의 정체, 고급 정보의 출처에 대한 궁금증까지. 저마다 묻고 싶은 것이 산더미 같았지만 다들 대단한 인내심을 가지고 꾹 참고 기다렸지만, 그들의 애간장은 관심도 없다는 듯이 100만 카페 운영자는 계속해서 말을 이어갔다.

"자기소개 한 번씩 해 주시죠~!"

순순해진 참가자들은 각자 돌아가며 자기소개 시간을 가졌다. 실명을 밝힌 사람도 있었으나, 대부분은 카페 닉네임과 직업만 밝히는 식이었다.

'총 10명 중에 의사 3명, 변호사 3명, 교수 1명, 변리사 1명, 강사 1명, 경찰 간부 1명이라.'

수석의 입장에선 자신의 밑천을 쉽게 간파 당할 수도 있는 만만찮은 상대들이었으므로, 일단은 최대한 약을 팔 필요성이 있었다. 그래야 순조롭게 붙어먹을 기회도 생길 것이다.

"제가 사전에 카페를 만들 수 있었던 이유는 확실한 정보가 있었기

142

때문입니다. 제 정보를 함께 공유한다면 여러분에게 큰 도움이 되리라 확신합니다."

말로만 현혹하는 건 무리였으므로 슬슬 술을 먹여 놔야 했다.

"자자, 일단 한잔 하시죠!"

만취한 상태에서는 논리보다는 감정이 더더욱 큰 힘을 발휘할 수 있으니까.

"생존을 위하여!"

"생존을 위하여!!"

술을 마시는 중간중간, 수석은 앞으로의 시험에 대해서 '정보'나 '예측'을 들먹이며 '썰'을 풀었다. 술에 양껏 취했음에도 노트를 펼쳐 놓고 필기하는 사람까지 있다.

"수석님 예측대로 모의고사를 칠까요?"

질문한 자는 '참진리'라는 닉네임을 쓰는 변호사였다.

'의심이 많군…. 능력치가 얼마나 잘난 놈이었지?'

【*참진리* ─ 생존 카페에 가입한 변호사

존재 ─ 인간

조회 ─ '생존자 공부 능력'

국어 B+ 외국어 B 수학 B- 과학 D 사회 B+ 기술 D 상식 B-】

'흠, 뭔가 애매해…. 다음에는 부르지 말아야겠어.'

능력치야 어쨌든 누군가가 의문표를 던지는 이상, 사람들에게 좀 더 확실한 근거를 줄 필요가 있다.

"한번 생각해 봅시다. 매달 모의고사를 치지 않는다면 도대체 어떻게 실력을 측정하겠습니까?"

그래도 미덥잖았는지 반문이 이어졌다.

"탈락자 없이 매달 2,000만 명이 계속 시험을 치는 건 무리가 아닐까요?"

상식적으로 생각해 본다면 당연히 무리였다.

"한번 상상해 보시기 바랍니다. 만일 탈락자가 생긴다면, 그 사람들이 무슨 짓을 벌이겠습니까? 점점 시험 치는 사람이 줄어들고 극소수가 된다면요?"

"아…. 그렇군요!"

수석의 말은 앞뒤가 맞았고 치밀했다. 정부 차원의 계획이라면 필시 그 정도의 세밀함은 있어야 한다. 매달 치르는 시험은 일종의 희망 고문이고, 자격이란 것은 대중들의 준법을 유도하는 장치이다. 멸망을 앞둔 세상에서 사람들에게 한 줌의 희망을 던져 주고는 스스로를 탓하게 만드는 것이다.

납득하는 사람도 있었지만, 여전히 말도 안 된다고 생각하는 사람도 있었다.

'어차피 다음에는 안 부르면 그만이야.'

계속해서 술까지 더해지니, 말뿐인 약속을 남발하는 자도 나오는 법이다.

"저희 병원에 오시면 무료로 진료를 봐 드리겠습니다!"

"저는 무료 법률 상담 해드리죠!"

만취한 여자 변리사도 공수표를 던졌다.

"어머, 나도 뭔가 걸어야겠네. 우리 집에 오면 특허 받은 라면을 끓여 줄게요! 이따 라면 먹으러 갈래요?"

수석은 라면이라면 언제든지 오케이였다.

"헤헤…. 라면 좋죠!"

다들 의무 없는 공약을 남발했지만 그래도 진심은 있었다. 서로 간에 부족한 부분을 보완하려는 의지 말이다.

한껏 분위기가 올라가자, 수석은 사람들 앞에서 차원 레코드 능력을 뽐내고 싶었다.

"제가 관상을 조금 볼 줄 압니다. 관상으로 어떤 공부를 잘하는지 볼 수 있거든요."

"와, 우리 수석 님은 못하는 게 없으시네!"

"제 관상 한번 봐주시죠!"

40대 후반의 국문학과 교수였다.

"아, 동방불패 님이시죠? 어디 보자~."

【*동방불패* ― 생존 카페에 가입한 국문학과 교수

존재 ― 인간

조회 ― '생존자 공부 능력'

국어 A 외국어 C+ 수학 C- 과학 D- 사회 B 기술 D- 상식 C】

"으음…. 국어와 사회를 가장 잘하실 것 같고, 과학과 기술 과목이 가장 취약하실 것 같습니다."

"하하하, 뭐 맞는 것도 같네요!"

국문학과 교수가 국어를 잘 안다는 건 박수무당도 눈치점 볼 때 써 먹을 만한 당연한 소리였다.

"어머! 저도 봐주세요!"

【*라면녀* ― 생존 카페에 가입한 여자 변리사

존재 ― 인간

조회 ― '생존자 공부 능력'

국어 B- 외국어 B 수학 B+ 과학 B+ 사회 B+ 기술 B+ 상식 C-】

"으음…. 전반적으로 다 잘하시지만, 국어와 상식 과목을 집중해서 공부하셔야겠네요."

그렇게 한 명 한 명을 품평하자, 사람들은 은근히 '뭔가 잘 맞아!' 하는 반응이었다.

어떤 사람들일까, 욕을 먹지는 않을까 걱정했는데, 실상 겪어 보니 다 똑같은 사람이었다.

'공부 잘한다고 딱히 인간성이 나쁠 이유는 없겠지?'

다만, 경찰 간부라는 사람은 무리에서 홀로 고립되어 있었다. 게다가 능력치도 상당히 기대 이하였다.

【*경찰 간부* ─ 생존 카페에 가입한 경찰 간부

존재 ─ 인간

조회 ─ '생존자 공부 능력'

국어 C- 외국어 D 수학 D+ 과학 D- 사회 C 기술 D 상식 C-】

'뭐야…. 경찰 간부 맞아? 공부 능력이 왜 이래? 설마 인증을 위조한 건가?'

뭔가 미심쩍긴 했지만, 당장 공부 능력이 허접하다며 내쫓을 수는 없는 노릇이다.

'수능 칠 때 뽀록 터졌나…? 아니면 술을 마셔서 그런가?'

어쨌든, 능력이 별로면 결정권자인 수석이 다음에는 부르지 않으면 그만이다.

'어차피 정모에 오고 싶어 하는 사람은 널렸어.'

13화

"자, 자, 2차 갑시다!"

몇몇 주당이 나서 연신 2차를 가자고 졸라댔다. 어차피 여기서 빠질 사람은 빠질 것이고, 깊은 얘기는 참여자가 적당한 것이 좋다.

— 커억.

"달려 봅시다!"

그렇게, 2차를 달린 후에는 정신도 차릴 겨를 없이 순식간에 3차행.

이번에는 조용한 바에서였다. 남은 사람은 수석을 비롯해 참진리(변호사), 동방불패(국문과 교수), 프랑켄(의사), 라면녀(변리사)로 불과 다섯. 그래도 비밀 얘기를 나누기에는 적당하다.

경찰 간부라는 사람은 갑자기 일이 생겼다며 2차에서 내뺐다. 수석은 그가 마음에 들지 않았던 차에 잘됐다 싶었다.

"여기 남은 분들에게는 시험에 대한 극비 정보를 알려드리죠…"

사람들은 만취한 수석의 말에 귀를 쫑긋 거렸다.

"…생존자 자격 시험은 껌이죠. 다만…."

― 꿀꺽.

"다… 다만?"

"매달 치러지는 모의고사부터는 과목별로 난이도가 최고 석박사 레벨로 올라갑니다. 지금 여기 계신 분들은 전문 분야 이외는 제대로 풀 수 없을 겁니다."

"그걸 어떻게 아는 거죠? 마치 다 안다는 듯이 얘기하시네요."

라면녀가 날카롭게 따져 물었다. 술 마시면 하고 싶은 말을 다 하는 성격인 듯싶었다.

"그야 당연히…. 정보통이 있으니까 하는 말입니다."

"어느 라인이죠? 청와대? 국정원?"

드라마를 많이 본 것 같았다. 그것도 미드.

'거 참…. 이 아가씨가 속고만 살았나. 존나 따지시네….'

치밀어 오르는 분노를 잘 참아 낸 수석은 계속해서 말을 이어갔다.

"아직은 알려드릴 수 없습니다. 어차피 시간이 지나면 알 겁니다. 어쨌든, 중요한 건…. 여기 계신 분들이 서로 협력을 해야 한다는 겁니다. 서로 전문 분야를 공유할 수 있으면 좋고요."

곧이어 수석은 남은 네 명에게 주기적인 스터디를 제안했다. 확실히 수석에게는 묘안이 있는 것 같았다.

미심쩍기는 했지만, 모의고사를 한번 쳐보고 수석의 말이 맞는지 확인해 보면 정확하게 알 수 있을 것이다. 어차피 세상 멸망하는 판에 이 정도 시도도 안 해볼 수는 없었다. 게다가 모두가 합심한다면, 전 과목 평균 80점 이상을 얻을 구성이었다.

"주기적으로 모여서 서로가 도움 될 수 있으면 좋을 것 같네요."

"그럼, 우리 집에서 해요. 제가 라면 끓여 드릴 테니까. 호호호."

"법 과목은 자신 있습니다. 이래 봬도 사법연수원에서 50위 안에 들었으니까요."

다들 자신감이 충만했다. 수석이 알려준 정보 때문일까? 뭔가 남들보다 몇 보는 앞서 나가는 기분도 들었을 것이다. 기쁨 때문인지, 마셔 대는 관성 때문인지 이후로도 계속 술을 들이부었다.

'어휴⋯. 나도 한 술 하지만⋯. 이 새끼들⋯. 완전 술고래야⋯.'

얼마나 마셨는지, 수석은 거의 정신이 혼미해질 지경이었다. 중간중간 필름이 끊겼다.

"이제 갑시다⋯."

"한 잔⋯. 더 마셔요!⋯."

"마셔라~! 부어라!⋯."

.

.

.

'도… 도대체…. 얼마나…. 더?'

.

.

.

'어… 여기는…? 누구 자동차…?'

.

.

.

그리고…. 수석이 다시 정신을 차렸을 땐 병원 침대 위였다.

"김수석 씨, 이제 정신이 드나요?"

말을 거는 것은 경찰 간부였다. 바로 김철중이다.

Ⓢ병원.

"으…음…?"

수석은 연신 주변을 두리번거렸다.

"김수석 씨, 괜찮아요?"

수석은 지끈하게 머리가 아파왔다. 아무래도 과음 때문에 병원에

실려 온 건가 싶었다.

"경찰 간부님? 제가 왜 병원에 있는 거죠…?"

"김수석 씨, 지금 이틀 만에 깨어난 겁니다. 죽을 뻔했고요."

"제가 죽을 뻔했다고요? 왜요? 술병 나서요?"

수석은 당최 이 상황을 이해할 수 없었다.

"김수석 씨, 뭔 소립니까. 자살 시도한 거 아니었어요?"

"내가 왜 자살을 합니까?"

자살이 아니란 말에 김철중은 되레 황당스러웠다.

"그야, 오성국 씨에 대한 죄책감 때문에?"

"아니요, 그냥 필름 끊긴 것밖에…."

"어쨌든, 김수석 씨가 차 안에 번개탄 피우고 누워 있는 걸 제가 끄집어냈습니다. 그건 누가 봐도 자살 시도죠."

김수석은 그게 다 무슨 소린가 싶었다. 하지만 몸 여기저기에 화상 투성이였다.

"정말 아닙니다! 제가 왜 죽습니까? 그리고 저는 차도 없어요!"

"차는 대포차더군요…."

김철중은 뭔가 심상치 않음을 깨달았다. 보통 자살에 실패할 경우 순순히 범죄 사실을 시인하는 경우가 태반이다. 이상한 점은 발견 당시 차량 내부 여기저기에 오줌을 시원하게 갈겨 놓은 정도. 덕분에 불이 급속도로 번지지 않았을지도 모른다.

"그럼 혹시 원한 산 거 없습니까? 누구한테 협박을 받았다거나?"

아무리 생각해봐도 수석은 원한 살 만한 일은 하지 않았다. 인간관계도 좁았고, 학창 시절에도 맞고만 다녔으니까. 그리고 가장 최근에 만난 사람들로 한정해봐도, 정모에서 본 사람들 정도인데 그들과는 죄다 초면이었다.

'대체 누가…?'

마침 오성국도 차량에 번개탄을 피워 죽었다는 것은 소름끼치는 공통점이다.

'생존 카페 사람을 노릴 이유가 있나?'

수석은 철중이 자신을 구해주지 않았더라면 자신도 영락없이 죽었을 것이란 생각에 닿았다.

"어쨌거나, 감사드립니다."

이미 김철중은 정모 마지막까지 남았던 사람들을 차례로 조사한 후였다. 저마다 직업이 확실한 사람들이었고, 김수석이 자살 시도한 것으로 생각했기에 술자리에서 무슨 일이 있었냐만 간단히 확인했다.

"김수석 씨 주장대로면 누군가 노리고 있다는 얘기밖에 인 돼요. 즉, 오성국 씨의 죽음과도 관련 있을 수 있단 말이죠."

"나와 오성국 선생님의 관계는 아무도 몰라요."

"나도 아는데 왜 아무도 모릅니까. 몸 좀 사리세요."

어쨌든 김철중이 평소 수석을 휴대폰 위치추적까지 해가며 예의주시하지 않았더라면, 오성국 건과 마찬가지로 마무리됐을 것이다.

"정모에 끝까지 남았던 사람 모두가 알리바이가 있었죠. 다들 대리 기사 불러서 집에 갔더군요. 김수석 씨는 가장 먼저 택시 태워서 보냈다고 하고. 그리고 택시 기사는 집 앞에서 내려 줬다는데, 운행 기록도 일치했습니다. 정말 기억 안 납니까?"

"그냥 차 타던 것밖에…. 아마 택시였겠죠?"

수석은 혼란스러웠다.

'누구야? 오성국을 죽이고, 나까지 죽이려 들어?'

"일단은 쉬고 계세요. 아직 퇴원은 무리니까."

자세히 살펴보니 몸통 한쪽이 화상으로 엉망이 되어 있었다. 그제야 화끈거리며 쓰라림이 느껴졌다.

'존나 아프군…. 대체 어떤 새끼야? 빌어먹을!'

"…그리고 여기 제 명함입니다. 무슨 일 있으면 연락주세요."

김철중은 자신의 명함을 협탁 위에 올려놓았다.

성동경찰서.

"김 형사, 아직도 그놈 쫓고 있었나? 어제 자살하던 것까지 구해 줬다며?"

"네, 분명 뭔가 있습니다."

"어휴~ 김 형사. 슬슬해. 어차피 다 죽는데 뭐 하러 빨빨 거리고 돌아다녀."

"그래도…. 나랏밥 먹는 이상, 밥값은 해야죠."

"그래, 알았어. 김 형사, 수고해~."

형사과장은 어느덧 다른 사람이 되어 있었다. 경찰서 분위기도 마찬가지였다. 너도나도 줄줄이 퇴직 행렬에 동참하는 바람에 형사들이 반으로 줄었다. 다들 일찌감치 살길 찾아 간 것이다. 형사과만 그런 것이 아니었다. 대부분의 부서가 인력난이 심각할 지경이었다. 대신 전의경 경찰 특채로 급조하는 식이었다. 그 많던 경시생들도 이제는 죄다 생존자 공부하러 가 버렸다니, 앞으로는 어떻게 될지 알 수 없었다.

'이대로는 죄다 끝장이군….'

많은 이가 살기 위해 떠나갔지만, 김철중은 생존 시험 같은 건 관심도 없었다. 형사 일은 그에게 삶의 목적이나 마찬가지였으므로, 그저 세상 멸망하는 날까지 충실하고자 했다. 김철중은 끝까지 형사다. 어쨌든 김수석에 대해 계속해서 생각해봐도 미심쩍은 부분이 한두 가지가 아니었다.

'정말 대포차는 이상하단 말이지. 갑자기 어디서 나타난 거야. 혼자 미리 준비할 시간은 없었을 텐데….'

철중의 감시를 피해 대포차까지 구해다가 미리 준비된 장소에 갖다 놓았다는 건, 단순 자살할 사람이 정교하게 꾸밀 만한 짓은 아니었다.

'누군가 정말 카페 회원들을 죽이고 다니는 걸까?'

철중이 무심코 생존 카페에 접속해보니, 계속해서 가입인사 게시물이 올라오고 있었다.

'뭐 대단한 거 있다고 이렇게 가입을 해대는 건지….'

어쨌든, 김수석을 유심히 지켜볼 필요성이 있었다. 또다시 무슨 일이 생길지 몰랐다.

병실에 누워 가만히 시간 낭비나 하고 있을 수는 없었다. 수석은 언제나 항상 공부 생각뿐이었다. 다행히 스마트폰은 불에 그을렸을 뿐 그럭저럭 작동했다.

'잘 켜지네. 영어 단어라도 외워야겠어. injure… 유의어로는 wound, damage, harm, hurt, impair….'

한데 공부를 시작한 지 얼마 되지도 않아,

【차원 레코드 개화 포인트 적립 - 105.2931%】

【차원 레코드 능력 1가지를 개화할 수 있습니다】

'뭐… 뭐야? 뭔 개 뼉다구 같은 소리야?'

마지막으로 공부했을 때가 6%대였다. 당연히 어이없을 수밖에 없다.

'술 먹고 흥청망청하다가 자살당할 뻔한 게 전부였는데? 단어 몇 개 봤다고 한 방에 100%가 올라?'

이상하지만 능력 1가지를 개화할 수 있다면 좋은 일이었다.

'으음… 설마?'

불현듯 어떤 생각이 수석의 머릿속을 번득였고, 혹시나 싶어 생존 카페에 접속해 봤다.

14화

〔카페 회원수 ─ 3,118,246명〕

'벌써 회원이 이렇게…? 그거였나? 회원수가 늘면…? 아니야. 그럼 회원 100만일 때에는 왜 효과가 없었어?'

두뇌를 풀가동하자 곧 한 가지 가설을 세울 수 있었다.

'그랬군! 사람들이 내 인강을 보며 공부하면 그게 내 몫인 거야! 오성국 선생도 애들 가르친 덕분인 거고!'

그의 가설로는 오성국 선생이 4년간 포인트를 200% 넘게 쌓은 것을 설명할 수 있었고, 자신이 그보다 빠르게 포인트를 100% 달성한 것도 충분히 설명할 수 있었다.

학교에서 가르치는 것보다는 인터넷 강의로 수백만에게 노출시키는 편이 더 많은 영향을 줄 수 있을 테니까.

'오! 이대로 쭉 가면…. 하~.'

유튜브 인강 현황은 다음과 같았다.

〔동영상 수 — 32개 (총 동영상 길이 3시간 12분)〕

〔재생 횟수 총합 — 8,304,102회 (재생시간 413,171시간)〕

'그래! 유튜브 조회수였어! 크흐흐.'

온몸이 쓰라렸지만, 웃음이 절로 나왔다.

"으하하하하하하!!"

수석은 곧장 차원 레코드 도우미를 불렀다.

'이봐 미미…! 도우미!'

   — 네, 《차원 레코드》 도우미입니다 김수석님, 무엇을 도와드릴까

   요?

'차원 레코드 능력을 개화하고 싶어!'

   — 김수석 님은 다음 중 1개의 차원 레코드 능력을 개화하실 수 있

   습니다.

   ⑴ 〈태그〉 ⑵ 〈지도〉 ⑶ 〈로그〉

태그와 지도가 뭔지는 이미 알고 있었다.

'로그는 또 뭐지?'

   — 〈로그〉는 대상의 특정 횟수와 시간을 알 수 있습니다. 특정할 내

   역은 최초 선택 이후에 변경 불가합니다.

고민이 될 수밖에 없었다. 셋 모두 유용한 능력임에는 분명했다.

'쳇, 금방 또 쌓이겠지! 1번!'

─김수석 님 ⑴번, 〈태그〉 개화를 고르셨습니다.

【《차원 레코드 정보 능력》〈태그〉가 개화되었습니다】

수석은 곧장 자신의 색인을 열람해 봤다.

【*존잘남* ─ 김수석 본인

존재 ─ 인간

조회 ─ '생존자 공부 능력'

국어 D 외국어 D 수학 D+ 과학 D- 사회 C- 기술 D 상식 C-

태그 ─ #카페운영자 #못생김 #병신】

금방 태그 능력이 개화되어 있었다.

'빌어먹을…. 누가 날 병신으로 본 거야?'

못생김이건 뭐건 다 참을 수 있었지만 도저히 병신은 참을 수 없었다. 스스로 주어진 여건에서 열심히 살았다고 생각했다.

'병신 취급 못하게 해주면 되겠지?'

하필 이런 중요한 대목에서 수석은 갑자기 변이 마려웠다.

'이런, 이틀간 참은 알코올 응가인가?'

급박하게 자리에서 일어나니 발바닥에서 연신 참을 수 없는 따가움이 느껴졌다.

"아오!!"

아까부터 계속 웃다가 또 이제는 비명까지 지르자 병동 사람들은 수석을 딱하게 봤다.

'어떤 놈인지 잡히기만 해봐, 제대로 복수해줄 테니.'

힘겹게 병실 화장실로 갔지만, 이미 사용 중이었다.

'젠장할…. 터져버릴 것 같은데? 요강에다 쌀 수도 없고.'

어쩔 수 없이 복도 끝에 있는 화장실로 슬금슬금 걸어갔다.

'젠장! 젠장! 아오!!! 아픈 것!'

— 뿡! 뿡!

슬슬 기미가 오기 시작했다. 차마 복도에다 '옐로우 스톤' 같은 대분출을 할 수는 없었다.

'오…. 하늘이시여!!'

급박의 절정, 마침 화장실 칸 둘 중에 하나가 비었다. 자리를 잡자마자 베토벤의 '운명 교향곡'이 크게 울려 퍼졌다.

— 콰콰콰광! 콰콰콰광!

'간신히 해냈군.'

수석이 흡족해하는 사이, 누군가 화장실로 들어오는 소리가 들렸다.

"놈이 자리를 비웠습니다…. 찾아봐야 할 것 같습니다…."

수석은 문틈으로 통화하는 사람을 살펴봤다. 온통 검은 정장을 입고서 게다가 담배까지 태우고 있었다.

'뭐지?'

"네, 다시 전화 드리겠습니다."

그 순간 검은 정장을 입은 사내가 수석이 있는 화장실 칸에 다가와 문에다 노크했다.

— 둑둑.

놀라긴 했지만 수석도 응수했다.

— 툭!

수석은 뭔가 싶어 곧장 검은 정장인에게 차원 레코드 능력을 사용해 봤다.

【*검은 정장* — 병원 화장실에서 전화하는 남자

존재 — 인간

조회 — '생존자 공부 능력'

국어 D- 외국어 F 수학 F 과학 F 사회 D- 기술 D 상식 D-

태그 — #흥신소사장 #양아치 #얍삽】

'흥신소, 양아치…. 얍삽?'

곧 옆 칸 사용자가 물을 내렸고, 화장실을 나서자마자 검은 정장인이 옆 칸으로 들어갔다.

"에잇 시펄, 더럽네!"

— 띨리리리 띨리리리 띨리리리 띨….

검은 정장인의 휴대폰 벨소리였다.

"아오! 미친 새끼 전화 한다니깐!? …네, 전화 받았습니다….”

'얍삽이 아니고 졸렬한 놈이구먼.'

"…20분 전만 해도 형사하고 같이 얘기하고 있었습니다….”

아까 형사와 얘기한 환자가 여럿이 아니라면 분명 수석에 관한 얘기였다.

'뭐… 뭐야? 이 새끼 날 사찰하는 건가?'

검은 정장인은 계속해서 통화를 이어갔다.

"뭐, 잠깐 화장실에라도 간 것 아닐까요? 음?!"

순간 수석은 흠칫한 나머지 곧장 화장실 밖으로 튀어 나갔다. 물도 내리지 않은 채였다.

'미친! 흥신소까지?'

불과 얼마 전에는 자살 당할 뻔한 그였기에 이대로 곧장 달아날 작정이었다. 하지만 뒤에서 누군가 쫓아오는 소리가 들려왔다. 예상대로 검은 정장인이다.

"거기 서!"

수석은 도망치다 말고 문득,

'잠깐? 사람이 이렇게 많은데 지가 뭘 어쩌겠어?'

주변에는 환자와 간호사가 많았고, CCTV까지 돌아가고 있었다.

"섰다! 왜? 뭐!"

도망치던 수석이 복도 중간에 어쩔 거냐는 듯이 멈춰 섰다. 사내는 당황하는 듯하더니, 일정 거리를 두고 서서 수석의 눈을 지그시 노려봤다.

"됐다. 볼일 다 봤어."

"뭐라고?"

"볼일 다 봤다고. 푹 쉬어라."

그러고는 검은 정장인은 곧장 뒤돌아서 가 버렸다.

'뭐야? 나한테 쫄았나?'

수석은 검은 정장인의 등짝에 뻑큐를 날렸다.

'방심하면 기습하려는 건가? 대체 뭐야?'

이대로는 도저히 그냥 있을 수가 없었다.

'김철중 형사라고 했지?'

수석은 병실 협탁 위에 놓인 명함을 집어 들었다.

『성동경찰서 통합형사과 경사 김철중

H/P 010-99XX-XXXX』

'믿을 만한 사람일까?'

수석은 곧장 차원 레코드 능력을 발동하여 색인해둔 철중의 태그를
확인해봤다.

【*경찰 간부* — 생존 카페에 가입한 경찰 간부

존재 — 인간

조회 — '생존자 공부 능력'

국어 C- 외국어 D 수학 D+ 과학 D- 사회 C 기술 D 상식 C-

태그 — #경찰 #형사 #체포왕】

'헛, 체포왕? 꽤나 능력 있나 보네.'

수석은 비리 경찰이나, 짭새 같은 태그가 없어서 다행이라 생각하
고는 곧장 김철중에게 전화를 걸었다.

"여보세요, 저 김수석입니다."

"알고 있어요. 갑자기 고백할 거라도 생겼나요?"

철중은 툭툭 거리듯이 말했다.

"그런 건 아니고요…. 흥신소 사람이 병원에서 날 뒷조사하고 있었어요."

"뭐요? 흥신소요? 음…. 일단 거기 있어요. 금방 갈 테니까."

김철중은 말 그대로 금방 도착했다. 사이렌이라도 울리면서 달려온 것 같았다.

"진짜 빠르네요."

"약속은 지킵니다."

수석은 어느덧 김철중이 마음에 들기 시작했다. 꽤나 책임감이 강해 보였고, 따지자면 생명의 은인이었다.

"흥신소 사람인지는 어떻게 알았습니까?"

"뭐, 얼굴에 흥신소라고 쓰여 있더군요."

"하핫, 김수석 씨 지금 경찰이랑 장난하세요?"

수석은 입가에 미소를 지으며 되물었다.

"체포왕이시죠?"

"인터넷 뉴스 검색이라도 해봤어요?"

"제가 관상 좀 봅니다. 정모에서도 봐 드렸잖아요."

"그러니까…. 관상으로 체포왕 같은 게 보인다는 겁니까?"

어처구니없다는 표정을 지으며 김철중이 자신의 스포츠머리를 쓸어 올렸다.

"관상으로 못 볼 건 또 뭡니까."

어차피 차원 레코드 능력이니 뭐니 설명해줘 봤자 믿지도 않을 것이다.

"흥신소 사람이라고 칩시다. 그래서 그 사람이 뭘 합디까?"

"제가 멀쩡한가 정도만 보러 온 것 같더군요."

"생명의 위협 같은 건요?"

"이제 곧 생기겠죠. 지금 미리 신변 보호 요청하는 겁니다."

순간 김철중의 짜증스러운 표정에서 '그딴 건 경찰서에 가서 신청해.'라는 말이 곧 튀어나올 것 같았다.

"형사가 무슨 사설 경호원인 줄 아쇼?"

"사례는 꼭 하겠습니다."

월세방 사는 백수가 사례를 하겠다니, 필시 카페로 돈 좀 벌었나 보다 싶었다.

"하하, 경찰한테 뇌물 멕이려는 거요?"

"사례금이죠. 생명의 은인에게 드리는!"

딱히 김철중은 재물을 밝히는 사람이 아니었다.

"돈은 됐고, 일단 흥신소 놈이나 찾아봅시다. CCTV나 뒤져보죠."

은근히 시원한 구석이 있었다.

"좋습니다."

곧 둘은 병원의 경비실로 찾아가 CCTV를 확인하고는 검은 정장인이 찍힌 화면을 확보했다. 다만, 선글라스를 끼고 있어 인상착의가 뚜렷하지는 않았다.

"무슨 구실로 잡아?"

철중이 무심코 내뱉은 말에 수석이 곧장 대답했다.

"담배요. 저 놈이 병원 화장실에서 담배 피웠어요. "

"아이고오…. 과태료 10만 원짜리로, 그게 구실이나 됩니까?"

"일단 구실은 있어야 할 것 아닙니까."

"지금 세상 멸망하는 판에, 금연 건물에서 담배 피운 놈 잡자고 사방 들쑤시는 게 말이나 되는 소린가?"

"김 형사님, 저놈은 *끄*나풀입니다. 외뢰한 놈은 또 어디서 사람 죽이고 다닐지 모릅니다."

담배를 구실로 잡는다는 헛소리를 빼고 듣는다면 수석의 말에는 일리가 있었다. 일단, 실마리를 찾아 가는 게 우선이었다.

"일단 서로 같이 갑시다."

수석은 곧장 퇴원 수속을 마치고는 함께 성동경찰서로 향했다.

172

15화

철중은 성동경찰서에 도착하자마자 수사과로 가서 검은 정장인의 CCTV 영상이 담긴 USB를 담당에게 건넸다.

"김 형사, 이게 뭐야?"

"형, 이 새끼 아주 나쁜 놈이니까. 빨랑 이동 경로 좀 따줘."

"수배범이야?"

"아이고오, 일단 돌려봐. 순 나쁜 새끼니까. 1시간 전에 ⑤병원에서 어디론가 사라졌어. 형이 실력 발휘 좀 해줘."

"대낮이라 찾기 쉽겠네."

서울 시내에만 해도 경찰청에 연결된 CCTV가 100만 대가 넘었다. 그 위치를 다 파악하고 피해 다니지만 않는다면 분명 어디로 갔는지 알아 낼 수 있다. 게다가 성동경찰서에는 경찰청에서 'CCTV 명인'으로 임명한 박 경위가 있었다.

이미 박 경위의 커다란 모니터에는 곧장 병원의 CCTV 화면이 출력

됐다.

추적 프로그램에 검은 정장인을 지정하자, 옷 색상과 복식, 보폭 등이 자동으로 입력됐고, 저절로 인근 CCTV에서 비슷한 복장을 한 사람들이 모조리 검출됐다.

"정장에 선글라스는 생각보다 흔하지 않지."

노련하게 한마디 하자마자, 곧장 다른 CCTV 화면에 아까 본 검은 정장인이 등장했다. 어디론가 걸어가는 모습. 동시에 옆 모니터에 뜬 지도 창에 해당 CCTV의 위치가 점으로 찍힌다. 그리고 계속해서 다음 CCTV의 위치가 연달아 점으로 찍히며 경로가 그려진다.

"택시에 탔어. 삼광운수 8842."

박 경위는 당황하지 않고 즉시 차량 추적 프로그램에 택시의 차량 번호와 해당 시각을 적어 넣었다. 그러자 당시의 이동 경로가 점으로 나타났다. 이 역시 도로 지천에 깔린 CCTV와 단속 카메라 덕택이다.

"이야⋯. 역시 형님 최고."

수석은 멀뚱멀뚱 바라만 보는데도 뭔가 첩보전 비슷한 스릴을 느꼈다.

'분명 날 자살로 위장하려면 저런 걸 다 피해야 한단 말이야. 철두철미한 놈이 분명해.'

계속해서 추적은 이어지고, 택시는 다음 손님을 태운 장소에 있던 CCTV 화면에 다시 나타났다. 필시 그 중간에 CCTV 사각지대에서 검은 정장인이 내린 것이다. 하지만 여전히 박 경위의 표정은 여유만만.

"이놈아. 그래 봐야 내 손바닥 안이다."

곧장, 주변 일대의 CCTV를 검색하더니, 5분도 되지 않아 용의자를 찾아낸다.

"야야, 목이 좀 마른걸?"

"아이고, 골드 믹스로 한 잔 타 드리겠습니다!"

너스레를 떨면서 철중이 익숙하게 커피를 제조해, 후다닥 커피 봉지로 휘휘 저어서 키보드 옆에 놓아줬다.

"땡큐!"

보답이라도 하듯 검은 정장인이 건물로 들어가는 장면이 또렷이 나온다.

"강남 ○성형외과."

"혹시 저 건물에 흥신소가 있나?"

철중의 즉각적인 주문에, 박 경사는 해당 CCTV의 실시간 화면을 비추더니, 카메라 각도를 조정하며 건물 이리 저리를 살펴보더니,

"저긴 건물 통째로 성형외과인걸?"

그때 수석은 뭔가 떠오를 것 같았다.

'가만 보자…. 강남 ○성형외과라고?'

뭔가 짚이는 것이 있었는지 곧장 그을린 스마트폰을 꺼내 들더니 검색을 했다.

"이런 시벌!"

"저 친구 왜 신성한 경찰서에서 욕하고 그래?"

〔검색어 ― 강남 O성형외과〕

― 뉴스 검색 결과

[연이은 의료사고 발생…강남 O성형외과 원장 결국 기소

서울OO지검은 강남 O성형외과 원장 최모 씨를 의료법 위반 혐의

로 불구속 기소할…]

[강남 O성형외과 잇단 수술사고 사망… 벌써 3번째

강남 O성형외과에서 수술 사망 사고가 연달아 발생해 경찰이 수사

에 나섰다. 한 달…]

[강남 모 성형외과 연이은 수술 사망자 발생

성형수술을 받던 중국인 P씨(23·여)는 강남 O성형외과에서 양악

수술을 받고 난 직후…]

[인기 방송 BJ, 성형수술 도중 사망

인기 방송 BJ A양(21)이 성형수술 도중 심정지로 사망해 충격을

주고 있다. 수술을 집…]

저 성형외과는 한 달 사이에 벌써 3명째 수술 사망자를 낸 상태였다.

"김수석 씨, 왜 그래요? …어!!"

철중도 뉴스 기사를 보니, 그간의 퍼즐들이 다 맞춰지는 것 같았다.

"저 새끼 일부러 사람 죽이는 사이코패스 아니야?"

"틀림없어요. 저 원장이란 작자가 오성국 선생도 죽인 겁니다."

생각이 거기에까지 닿자, 수석은 누군가 한 사람이 떠올랐다.

'프랑켄!! 그놈이 분명해.'

곧장 수석은 차원 레코드로 프랑켄을 조회했다. 새로 습득한 태그 능력에 뭔가 뜨지 않을까 했다.

【*프랑켄* ― 공부 카페에 가입한 의사

존재 ― 인간

조회 ― '생존자 공부 능력'

국어 B+ 외국어 B+ 수학 A 과학 A 사회 B+ 기술 C+ 상식 B-

태그 ― #의사 #성형의 #돌팔이】

'돌팔이! 분명 피해자 가족들 덕분이겠지!'

그제야 수석은 자신의 추측에 확신이 생겼다.

"형사님, 정모에 나온 '프랑켄' 기억하죠? 그놈이 범인이에요!"

"뭐… 뭐요?!"

"아예 작정하고 나를 죽이려고 정모까지 나온 거예요."

"이런!"

곧장 김철중은 내달리기 시작했다. 현장에서 나온 DNA 중에 프랑켄의 DNA가 일치할 수도 있었다.

"야!! 얌마! 그냥 가냐!"

박 경위가 애타게 불러 봤지만 소용없었다.

"그런데 무작정 가서 어떡하려고요?"

김철중은 아차 싶었는지,

"일단 놈 신상부터 따야죠."

곧 PC에 자리 잡고서는 경찰 종합전산망에 접속했다.

"기소 당했으니까, 분명 자료가 있을 겁니다."

〔사건 수사 검색 ─ '과실치사'〕

〔검색 옵션 ─ 기간 : 최근 한 달 / 지역 : 강남 / 피의자 : 최* / 성별 : *〕

─ 딸깍.

〔검색 결과 ─ '1'건〕

전산에는 검색 결과가 1건이 나왔다.

〔[사건번호 : 강남2025-04D0219바] 강남 O성형외과 의료과실

사망 3건 병합]

"이거로군…."

― 딸깍.

〔*상기 사건은 현재 검찰 조사 진행 중―〕

〔피의자 ― '최민환' 860204-141****〕

〔거주지 ― 서울특별시 강남구 OO동 노블레치아빌 2동 201호〕

〔사업장 주소지 ― 서울특별시 강남구 OO동 OO빌딩〕

〔경찰 수사 의견 ― 업무상 과실치사 / 불구속 기소〕

"엇! 역시나!"

전산에 등록된 인물은 정모에서 봤던 프랑켄이었다.

"이런! 이 새끼 빼박이야!"

"제가 뭐랬어요."

수석은 프랑켄의 사진을 보면서 부르르 떨었다.

"수석 씨 괜찮겠어요? 같이 가서 괜히 복수한답시고 이상한 짓 하는

건 아니죠?"

"아닙니다…. 그냥 형사님 말만 듣죠."

"바로 갑시다."

◆

도착한 병원은 CCTV로 봤던 모습보다 더 어마어마했다.

"으리으리하네."

"돈 엄청 벌었나 보네요. 건물을 통으로 다 쓰다니."

"최소 300억 정도 하겠죠?"

무심코 가격을 내뱉었지만, 평생 꿈도 못 꿀 금액인 것은 경찰이나 배달부나 마찬가지였다.

"아마 요즘은 장사가 더 잘될 겁니다. 연예 전형 발표된 거 이미 들었죠?"

그 말을 증명이라도 하듯, 말을 나누는 사이에도 남녀 몇 명이 건물 안으로 들어가는 게 보였다.

"아니, 사람 셋이 죽었는데 아직도 영업 중인 게 말이나 됩니까?"

"뭐, 검찰 수사 끝나고 재판까지 끝나야 뭐가 나오든 하는 거죠. 어차피 결과는 영업정지 정도겠지만."

철중의 경험상 힘들게 고생해서 범죄자를 잡아 놓아도 그 결과가 허탈했던 적이 한두 번이 아니었다. 잘난 놈들은 미꾸라지같이 잘도 빠져나갔다.

"전 뭘 하면 될까요?"

오는 내내 수석에게 뭘 시킬까 고민했지만, 딱히 형사도 아닌 사람에게 시킬 만한 것은 없었다. 위험한 일은 더더욱.

"그냥 차에서 기다려요."

"혼자서 괜찮아요?"

"하하하, 뭐 죽기라도 하겠습니까? 어차피 병원인데요. 다치면 고쳐주겠죠."

"알겠습니다…. 그래도 혹시 1시간 내로 안 나오면 지원 요청이라도 하면 되나요?"

"됐고, 차에 얌전히 있어요."

수석을 뒤로한 채 철중은 홀로 병원 안에 들어섰다.

내부는 온갖 호사스러운 데코레이션이 가득했고, 로비에는 이미 많은 손님들이 대기하고 있었다.

'존나게 벌었군.'

철중은 곧장 엘리베이터에 올라타고는 몇 층을 누를까 고민했다. 엘리베이터 버튼을 보니 1~6층은 모두 성형외과 부서가 적혀 있었으나, 7층은 아무것도 적혀 있지 않았다.

'7층에 원장 개인실이 있나?'

하지만 7층 버튼은 눌러도 아무 반응이 없었다. 아무래도 따로 카드키 같은 것이 필요할 것이 분명하다.

'일단 6층으로 가야겠어.'

그런 생각을 하는 사이 벌써 엘리베이터는 위로 올라가며 작동하기 시작했다.

'뭐야? 아무것도 안 눌렀는데?'

그리고 도착한 곳은 7층.

'놈이 날 7층으로 불러들인 건가?'

엘리베이터가 7층에 도착하고 문이 열리자 층 전체에 깔린 잔디가 보였다. 그리고 창가 쪽에서는 누군가 골프채를 들고 퍼팅하는 자세를 취했다.

─ 툭.

골프공이 잔디 위를 데구루루 굴러 오더니, 김철중의 가랑이 사이를 통과해 엘리베이터 안으로 들어갔다.

"에이~!"

"최민환 씨, 경찰입니다."

"흐흐, 알고 있어요. 정모에서도 봤잖아요."

그 말을 하는 사이 새 골프공이 볼 공급기에서 자동으로 나왔다.

최민환은 골프채를 쥔 손을 뒤로 크게 보내고는 풀스윙 자세를 취했다.

철중이 아무 말이 없자, 곧장 최민환은 골프채를 쏜살같이 휘둘렀다.

─ 훅!

헛스윙.

"크크크, 장난입니다. 역시 형사님이라 그런지 겁이 없으시군요."

'미친 놈!'

철중은 겁먹은 티를 내고 싶진 않았다.

"공무집행하러 왔으니까 장난은 그만하죠."

최민환이 비열하게 웃으면서 대답했다.

"알 바 아닌데요?"

최민환은 계속해서 말을 이어갔다.

"공무집행? 의료 과실은 이미 검찰에서 조사하고 있는데요?"

말을 하는 와중에도 거슬리게 골프채를 이리저리 휘두르고 있다.

"김수석 씨가 죽을 뻔 했습니다…. 그 때문에 최민환 씨에게 확인할 것이 있습니다."

"김수석… 김수석…. 아아~ 그 생존 카페 운영자! 맞다!"

"뭐하자는 겁니까. 일전에 알리바이 확인차 통화할 때만 해도 얼마든지 협조하겠다던 분이?"

"'얼마든지'라는 말에 법적 구속력이라도 있나요?"

"됐고, 최민환 씨 DNA 채취 좀 협조해 주시죠…."

최민환이 비열한 웃음을 희번덕거리며 말했다.

"큭큭큭…. 그래도 같이 정모까지 한 사이니 원한다면 해 드려야죠…. 이리로 오세요. 경찰 나으리."

'미친 새끼…. 뭐야 대체?'

철중이 최민환을 향해 걸어갔다. 한 발을 내딛을 때마다 폭신한 잔디에 발이 빠졌다.

"자자, 빨리 오세요."

최민환이 입을 '아~' 하고 벌리고는 비열한 웃음을 보였다. 그 광경을 보면 인상이 찌푸려질 수밖에 없다.

'건방진….'

바로 옆에 다가선 철중이 보관통 안의 면봉을 꺼내 들어, 최민환의 입으로 손을 뻗었다.

"이런! 영장은 가져 오셨나?"

최민환은 입을 앙 다물고는 손으로 지퍼를 채우는 시늉을 했다. 그리고 더는 못 참겠다는 듯이 지퍼로 채운 입이 벌어지며 웃기 시작했다.

"푸흐흡!"

순간 분노한 철중은 참다못해 욕설을 내뱉어 버렸다.

"입 안 벌려 이 새끼야?"

그러자 이번에는 최민환이 들고 있던 골프채를 지팡이 삼아 체중을

실고는 비틀거리는 몸을 겨우겨우 기대며 폭소하기 시작했다.

"크하하하하하하!"

철중의 손은 부들부들 떨리고 있었다. 마음 같아서는 강제로 턱주가리를 붙들고 입을 찢어 버리고 싶었다.

"아~ 너무 웃겨."

"입이나 벌려."

"형사님은 살고 싶지 않나? 세상 망한다는데 왜 아직도 형사 놀이 중이세요?"

철중은 굳이 자신의 사명감 같은 걸 늘어놓고 싶지는 않았다.

"…"

"아~ 맞다! 어차피 김 형사는 공부해 봐야 죽을 텐데…. 공부 못하죠? 헤헤 난 공부 잘하는데…. 내가 공부 좀 가르쳐 줘요?"

'일부러 맞고 싶어서 이러는 건가? 이럴수록 더 참아야 돼….'

꼭 콩밥을 먹이려면 지금은 참아야만 했다.

"지금 혹시…. 내가 도발한다고 생각해요? 하핫, 싸움도 내가 더 잘할 것 같은데. 김 형사는 무서운 목소리로 폼만 잡을 줄 알았지, 딱 봐도 좆밥 같아요."

더 이상 참을 수 없었다.

"멋대로 지껄여."

순간 철중은 최민환의 턱을 강제로 부여잡고는 입안에 면봉을 쑤셔 넣었다.

"아악!! 이 미친- 우억!"

입에서 빼낸 면봉에는 피가 홍건했다. 그리고 그대로 최민환을 밀쳐 내동댕이쳤다.

"볼 일 다 봤다."

"옷 벗고 싶어? 너 고소할 거야!"

"그래, 민원실에서 보자."

최민환의 협박을 무시한 철중은 그대로 엘리베이터에 탑승했다. 마침 엘리베이터 안에 굴러온 골프공 하나가 있어 다시 돌려줄 필요성이 있었다.

"받아!"

곧, 골프공이 90마일의 속력으로 최민환에게 날아들어 최민환의 얼굴을 스쳐가더니, 그대로 커다란 유리창에 박혔다.

— 쩌저적 와장창!

그러자 울부짖는 소리가 들려왔다.

"야이 개새끼야!"

"그래 멍멍이 간다."

철중이 익살스러운 표정을 지으며, 엘리베이터 문이 닫혔다.

〈계속〉

작가노트

많은 도전과 실패 속에서, 많은 무의미한 헌신을 바치고는 결국 허무함을 느끼곤 했습니다. 그것이 인생이며, 숙명일 것입니다. 그 지겨운 반복이 언젠가는 버릴 것 없이 온전히 값진 경험으로 뒤바뀔 것을 고대합니다. 가장 최고의 결과와 가장 최악의 결과는 본질적으로 아무 차이가 없을 수도 있습니다. 그저 불운했거나, 때가 되지 않았거나. 아니면 모르고 넘어갔거나. 그래서 때때로 절망자처럼 포기하고는 금방 금단 현상을 느끼고는 또다시 재개하기도 합니다.

밀물과 썰물 같은 기분으로 포기와 도전을 반복하는 것은 자연 현상과도 비슷합니다. 이 꾸준한 리듬이 기적을 불러와, 현실의 현실에서 겪어보지 못한 큰 행운이 제게 잠시 머무는 듯합니다.

이렇듯 도전과 실패, 행운 모두가 자연의 일부가 아닐까 합니다. 그 자연의 법칙과 생태를 이해하려는 골치 아픈 과정은 여러 방면으로 뻗은 가지를 잘라내지만, 결국 그 조경을 조화롭게 만들고는 어느덧 자연의 일부로 근사한 모습이지 않을까 합니다.

그 모든 현상에서 알게 모르게 긍정적인 영향과 도움을 받기에 마음속에 생겨난 무거운 책임감도 함께합니다. 하루하루 일에 대적하며 둔해지지 않는다는 핑계로 당연한 감정 표현을 뒤로하고는 그저 지금 당장의 한 걸음에 온 신경을 집중하는 것이 고작입니다.

이 순간만큼은 잠시 여유를 가지고, 사랑하는 가족에게 감사의 말을 전하고 싶습니다. 언제나처럼 희생하고 응원해 주는 가족이 있기에 이제는 용기를 가지고 지속가능한 행운이란 과제에 몰입하고자 합니다.

값진 기회를 마련해 주시고 노력해 주신 많은 분들, 미완의 이야기에 기대를 주고 행운을 불어넣어 주신 심사위원들과 모든 독자께 감사의 말씀을 드립니다. 앞으로의 과정과 결과에도 많은 분들이 지켜봐 주시고 또, 서로 재미있게 즐길 수 있었으면 하는 바람입니다. 감사합니다.

소설, 드라마, 영화에서 회귀라는 장치는 이미 셀 수 없이 많이 사용되었기 때문에 대중에게도 상당히 익숙한 소재입니다. 그중 수많은 것이 돈과 강함을 추구하는 내용일 것입니다.

구상 단계에서 이러한 대세적인 흐름을 깨고 조금 새로운 시도를 해보고 싶었습니다. 이러한 개척의 갈망은 근사한 목표이지만, 남들이 좀처럼 택하지 않는 길에는 다 그만한 이유가 있을 것입니다. 공부라는 소재가 꼭 그렇습니다.

불행과 행운의 공존인지, 글쓰기로는 충분한 생업이 될 수 없었기에 지난 10년간은 학습 도서를 집필하고 출판하는 일을 통해 생계를 유지했습니다. 그러던 중 어느 날 불현듯 학습 도서 분야의 경험을 장르 문학과 하나로 융합하면 어떨지 생각했습니다. 다행스럽게도 그 경험은 작품 소재를 위해 지난 10년간 심층 취재한 것처럼 큰 도움이 되었습니다.

공부란, 국민 모두에게 주어진 공교육 12년과 더불어 살면서 한 번쯤은 목표를 가지고 몰두하는 흔한 행위이기에 충분히 대중의 공감을 얻을 수 있다고 생각했습니다. 게다가 부조리한 세상을 이겨내는 정직한 방법의 하나로 공부를 제시하고 또 그에 동조하는 사람들도 많습니다.

하지만, 흔한 공부 이야기는 지루할 것이 분명합니다. 게다가 요즘은 예전처럼 공부 열풍이 강한 것도 아닙니다. 또, 즐길 거리에서도 숏폼 동영상이 대세가 된 것처럼, 사람들은 잠시라도 지겨움이 느껴지면 쉽게 다른 것을 찾습니다. 이러한 도파민 중심의 속도 경쟁전이 고도화된 콘텐츠 생태계에서 공부라는 '노잼' 소재로 쓰인 텍스트 콘텐츠가 생존할 수 있는 전략으로, '어떻게 하면 지루하지 않게 계속 읽힐 수 있을까?' 하는 모순적인 고민을 가장 많이 했습니다.

결론이란, 지루하지 않고 재미도 있어야 합니다. 그리고 숏폼처럼 높은 이야기 밀도와 함께 질질 끌지 않고 빠른 속도감으로 효율적인 만족감을 주어야 할 것입니다. 이런 '효과적인 즐거움'을 채우는 것을 최우선적인 목표로 삼았습니다. 추가로, 우리 사회에서 대표적인 성공의 방식을 3가지(공부, 연예, 운동)로 함축하여 생존자를 뽑는 극대화한 방식을 더했습니다. 이는 슈퍼 IP를 발굴하려는 월드와이드웹소설 공모전의 취지에도 효과적으로 부합할 것으로 보았습니다. 소설의 배경과 캐릭터, 대사가 주는 재미뿐만 아니라 음악적인 요소, 스포츠의 역동성, 뉴스 보도, 예능, 토론, 다큐멘터리, 경연 프로그램, 온·오프라인의 상호작용까지 모두 함께 느낄 수 있는 종합 편성 방송처럼 구성한다면, 다양한 콘텐츠를 하나로 융합하여 독자의 만족감을 높이는 동시에 드라마, 웹툰, 영화, 게임, 선택형 스토리로의 확장도 용이하고, 또는 다른 나라의 상황을 그린 스핀오프로의 확장도 기대할 수 있을 것입니다. 어떻게 하면 텍스트 콘텐츠가 슈퍼 IP가 될 수 있을지 제가 내놓은 답이며, 동시에 상상으로 도달한 꿈같은 기획이라고도 할 수 있겠습니다. 아직 갈 길이 멀지만, 주어진 모든 것에 감사한 마음을 가지고 하루하루 몰입하며 부지런히 결말에 다가가고자 합니다.

심사평

'공부해야 산다'는
당신에게 권하는 작품

- 이수지 띵스플로우 대표이사

　　먼저 월드와이드웹소설 공모전을 통해 자신만의 뾰족함을 갈고 닦아 흥미로운 이야기 세계에 초대해 주신 모든 작가님께 감사 인사를 드립니다. 최종심에 올라온 작품들 모두 제각기 다른 방식으로 분명한 재미를 주었습니다. 그중에서도 '공부해야 산다'가 특히 이목을 끈 것은 인류 멸망이란 대중적인 소재를 한국에서만 탄생할 수 있는 매력적인 세계관으로 변주하는 데 성공했기 때문입니다.

　　인류 멸망, 운석 충돌과 같은 파멸적인 상황을 상정한 대중 작품에서 '생존의 방식과 서사'는 어느 정도 정형화되어 있습니다. 예를 들어 이혼했지만 전처와 아이들을 사랑하는 아버지, 결국 목숨을 잃는 전처의 남편, 거대한 재앙을 가까스로 피해 생존에 성공하는 가족 이야기 등이 그러합니다. 이 설명을 듣는 순간 그려지는 시각적 이미지와 이어지는 지루한 감정은 그 정형성을 반복 활용해 온 대중 작품들 때문일 것입니다. 하지만 대멸망에 대한 공포는 인간만이 가질 수 있는 상상력의 산물이기 때문에 영원히 대중적 가치가 높은 소재임은 틀림없습니다. 이러한 관점에서 볼 때, '공부해야 산다'는 자칫 통속성을 띨 수 있는 멸망이란 소재를 한국이라는 특수한 공간 속에서 비틀어 매력적인 세계관을 만드는 데에 성공하였습니다.

아버지가 가족을 위해 목숨을 바치며 뛰고 넘어지는 장면이 '공부해야 산다'엔 없습니다. 한국 정부와 국회가 생존 벙커에 보낼 108명의 사람을 공부, 연예(외모 포함), 운동으로 분야를 나누어 선발 시험을 통해 뽑기로 했기 때문입니다. 공부 실력도 외모도 운동 실력도 평균 이하인 주인공은 이러한 운명에 아무런 저항도 없이 국어, 영어, 수학을 공부했으나 실패해 죽어버리고, 영문도 모른 채 전생의 기억을 가지고 과거로 회귀하여 재도전을 반복합니다.

일반 교과목의 성적을 생존자의 선출 기준으로 삼는 것은 몹시 독특합니다. 하지만 거의 모든 한국인의 보편적 정서에 박혀 있는 삶의 방식이란 것을 부정하긴 어렵습니다. '공부해야 산다'는 부정하기 어려운 현실을 들이밀어 독자에게 각자의 경험을 환기합니다. 이를 통해 황당하게 느껴지는 세계관의 첫인상을 넘어서는 현실성을 획득해 냅니다. 한국에서만 나올 수 있는 특이하면서도 대중적인 세계관을 제시하는 데 성공한 것입니다.

　또한 『공부해야 산다』는 절차적이고 관습적으로 문제를 해결하려는 국가, 이에 의심 없이 따르는 이기적인 주인공을 냉소적이고 코믹한 문체로 다루어 매력적인 풍자소설의 면모를 보여줍니다. 시험에 도전하는 첫 번째 삶에서 주인공은 공부하라고 친척들이 모아준 3,000만 원을 유흥으로 탕진해 버립니다. 외모를 평가 기준으로 삼는 시험을 위해 성형비를 모으던 술집 접대부의 외모를 비하하기도 합니다. 성공의 방법으로 하나의 길을 강조하는 사회에서 승리자와 패배자 사이 그 무엇으로 살아가며 위아래를 나누고 서로 함부로 평가하는 주인공의 모습에서 독자는 우스움과 씁쓸함 그 사이의 감정을 느낄 수 있습니다. 한편 선발에 실패하여 죽을 때마다 기억을 가진 상태로 과거로 돌아가 시험을 다시 준비하는 구성은 어쩌면 지나간 삶을 되돌리고 싶은 모두의 욕망을 자극합니다. 결과적으로 독자는 주인공의 행위를 비웃고, 비판하다 자신을 만나게 되고 결국 응원하며 다음 화를 기다리게 됩니다.

　세계관과 풍자성을 갖춘 이야기 외에 확장 가능성도 훌륭했습니다. 전 국민이 경쟁 상대인 상황에서 같은 분야의 시험에 도전하는 경쟁자들을 조명하거나 타 분야의 시험에 도전하는 인물들과의 관계를 어떻게 설정하는지에 따라 무궁무진한 서사의 확장이 가능합니다. 또한 회귀하여 재도전할 때마다 주인공이 운명에 대처하는 방식을 다르게 할 수 있어 새로운 서사로 무한히 이어지게 만들 수 있는 것은 물론 외전으로 스핀오프 할 가능성도 높아 보입니다. 특히 웹툰화, 게임화, 영상물화를 했을 때 그 재미를 극대화할 수 있다는 것이 심사위원들의 공통된 평가였습니다.

문장이 간결하고 요약적 제시 위주로 전개하는 부분은 다듬는 것이 필요하겠으나, 개작을 통해 상황에 대한 구체적인 묘사와 매력적인 사건들을 추가로 삽입한다면 더욱 훌륭한 작품으로 거듭날 것으로 기대가 되기에 대상으로서 모자람이 없는 작품이었습니다.

'공부해야 산다'는 당신도 한번 읽어 보시기를 권장하며, '스토리플레이(스플)'앱을 통해 연재되는 후속 이야기에도 많은 관심 부탁드립니다. 마지막으로 월드와이드웹소설 공모전에 참여해 주신 모든 작가님께 다시 한번 감사와 응원의 말을 전합니다.

공부
해야
✦
산다

발행일 초판 1쇄 2023년 12월 15일

지은이 김찬수

발행인 박장희
부문대표 정철근
제작총괄 이정아
편집장 조한별
책임편집 장여진
마케팅 김주희 한륜아 이현지

디자인 부가트 디자인
표지 일러스트 (주)떵스플로우

발행처 중앙일보에스(주)
주소 (03909) 서울시 마포구 상암산로 48-6
등록 2008년 1월 25일 제2014-000178호
문의 jbooks@joongang.co.kr
홈페이지 jbooks.joins.com
네이버 포스트 post.naver.com/joongangbooks
인스타그램 @j__books

ⓒ 김찬수, 2023
ISBN 978-89-278-8015-8 (03810)

중앙북스는 중앙일보에스㈜의 단행본 출판 브랜드입니다.